Die Wollschläger im Mittelalter

Der Autor

Dr. phil. Thomas Wollschläger studierte Mittlere und Neuere Geschichte, Alte Geschichte und Deutsche Literaturwissenschaft an der Universität Gießen sowie an der Sheffield Hallam University (England). Schwerpunkt seiner Arbeit war die Beschäftigung mit dem Verhältnis von Militär und Gesellschaft in der Frühen Neuzeit. Berufliche Stationen als Wissenschaftlicher Bibliothekar umfassen die Deutsche Nationalbibliothek und die Universitätsbibliothek in Landau.

Veröffentlichungen u.a.:

- Krieger mit Zirkel und Meßlatte : Studien zu Entstehung, Entwicklung und Institutionalisierung von Ingenieurskorps und Technischen Truppen in Brandenburg-Preußen und Sachsen zwischen 1648 und 1756, Marburg 1995

- Die Besetzung Wetzlars durch Hessen-Darmstädtische Truppen im Jahre 1763, in: Mitteilungen des Wetzlarer Geschichtsvereins 40 (2001), S. 111 – 131

- Einquartierungen im 18. Jahrhundert unter besonderer Berücksichtigung der Reichsstadt Wetzlar, in: Mitteilungen des Wetzlarer Geschichtsvereins 42 (2004), S. 143 – 165

- Die Military Revolution und der deutsche Territorialstaat : Determinanten der Staatskonsolidierung im europäischen Kontext 1670 – 1740, Norderstedt 2004

- Eklat am Reichskammergericht : Das „Memoriale" des Assessors Philipp Helfrich Krebs von 1704, Norderstedt 2006

Thomas Wollschläger

Die Wollschläger
im Mittelalter

Beiträge zur Geschichte
eines ausgestorbenen
Berufes

Bibliografische Information der Deutschen Nationalbibliothek:

Die Deutsche Nationalbibliothek verzeichnet diese Publikation in der Deutschen Nationalbibliografie. Detaillierte bibliografische Daten sind im Internet über <http://dnb.d-nb.de> abrufbar.

Impressum

© 2011 Thomas Wollschläger

Bildnachweis:
Titelbild - *Jost Amman: Eygentliche Beschreibung Aller Stände auff Erden*, Frankfurt/M. 1568, Bl.60 („Der Tuchscherer")
Abb. 1 - *Otto Schmeil: Leitfaden der Tierkunde*, Leipzig 1921, S.112 und 113.
Abb. 2 - aus *Meyers Großes Konversations-Lexikon*. Band 20, Leipzig 1909, S.739
Abb. 3 - Faksimilé eines Originalplakats von 1857

Herstellung und Verlag: BoD - Books on Demand, Norderstedt
ISBN: 9783842338005

Vorwort

Was macht denn ein Wollschläger? Schlägt er vielleicht Wolle? Die einfache Antwort: Ja, genau das ist der Fall. Besser gesagt: Dies *war* der Fall, denn den Beruf des Wollschlägers gibt es zumindest in Mitteleuropa schon recht lange nicht mehr. Gewöhnlich wird er heutzutage sogar zu den "ausgestorbenen Berufen" gezählt und taucht unter entsprechendem Label in einschlägigen Sachbüchern und Nachschlagewerken auf[1].

Doch genauso, wie der Beruf des Wollschlägers - weltweit betrachtet - noch längst nicht ausgestorben ist, sondern in einer ganzen Reihe von osteuropäischen, vorderasiatischen und südamerikanischen Ländern noch sehr lebendig ist, so war der Beruf oder das Gewerbe der Wollschläger im deutschen wie europäischen Mittelalter von erheblicher Bedeutung. Die Verarbeitungskette der Schafwolle bildete einen außergewöhnlich langen Prozess, angefangen von der Gewinnung der Rohwolle bis hin zum Weben der eigentlichen Stoffe. Die Wollschläger übernahmen dabei wesentliche Arbeitsgänge, die vor allem in der Reinigung, Aufbereitung und Vorbereitung der Wolle für das Spinnen angesiedelt waren; teilweise aber auch Teile der Weiterverarbeitung. Im Spätmittelalter und der Frühen Neuzeit wurde aus dem ehemaligen Meistergewerbe des Wolleschlagens eine Lohnarbeit, aber erst die fast völlige Mechanisierung der Wollverarbeitung im Zuge der industriellen Revolution machte die Wollschlägerei als eigenständigen Arbeitszweig obsolet.

Das vorliegende Werk hat zum Ziel, den "Schleier des Vergessens" über dem Wollschläger-Beruf zumindest etwas zu lüften. Dabei soll vor dem Hintergrund der Bedeutung der wollverarbeitenden Gewerbe dargestellt werden, welche Arbeitsprozesse zur Wollschlägerei gehörten und wie sich das Berufsfeld ausfächern konnte. Ein Schwerpunkt der Darstellung wird sich dann auf Süddeutschland konzentrieren, wo im Mittelalter das

---

[1] So zum Beispiel bei Palla (1994), S. 361; Reith (1991), S. 257. Letzterer erwähnt beispielsweise die Wollschläger im Artikel zu den Webern.

Zentrum des Gewerbes ausgemacht werden kann und wo, was insbesondere am Beispiel Strassburgs deutlich wird, der Organisationsgrad des Gewerbes in der Zunftverfassung einen sehr hohen Stand erreicht hatte. Aber auch die anderen Gegenden Deutschlands wie auch ggf. das europäische Ausland werden berücksichtigt. Ein Ausblick wird schließlich auf den Niedergang der Wollschlägerei als eigenständiges Gewerbe in der Frühen Neuzeit geworfen.

Inhaltsverzeichnis

Schafzucht und Wollwirtschaft in alter Zeit

Die Bedeutung der Schafzucht für das Leben der Menschen in früheren Zeiten kann kaum überschätzt werden. Bereits mehrere tausend Jahre v.Chr. wurden Schafe domestiziert und gehören damit zu den ältesten Tierarten, die als Haustiere gehalten wurden. Die wirtschaftlichen Vorteile der Schafhaltung gegenüber der Haltung anderer Haustiere waren bedeutend. Zwar teilen sich die Schafe mit anderen vergleichbaren Tieren solche Eigenschaften wie Milchproduktion, Fleisch- und Haut- bzw. Lederlieferant. Schafe zeichnen sich jedoch zum einen dadurch aus, dass sie sehr genügsam sind. Das heißt, sie kommen mit einem eher kargen Nahrungsangebot auf Geländearten, die für jede andere landwirtschaftliche Nutzung ungeeignet sein mögen, gut zurecht. Mitunter können die Tiere auch als Düngeschafe eingesetzt werden, um nährstoffarme Böden bebaubar zu machen. Zugleich sind Schafe auch in Bezug auf klimatische Bedingungen vergleichsweise robust und anpassungsfähig[2]. Daher finden sich Schafe nicht nur in nahezu allen antiken Hochkulturen, sondern auch in den unterschiedlichsten Klimazonen als Haustiere wieder. Nur die Ziege reicht in Bezug auf diese Genügsamkeit an die Eigenschaften des Schafes heran.

Zum anderen liefert das Schaf aber auch einen Rohstoff, den sonst kein anderes Haustier zu bieten vermochte: die Wolle. Es gibt zwar auch Ziegenrassen, die eine gewisse Menge Wolle liefern, aber sowohl deren Ertrag als auch die Robustheit dieser Wollziegen bleiben hinter den Schafen bei weitem zurück. Damit trug das Schaf also nicht nur jahrtausendelang zur Nahrungsversorgung der Menschen bei, sondern lieferte auch einen nachwachsenden Rohstoff, der wiederum sowohl für die Stoffherstellung in Eigenproduktion, als auch für die Verwendung als Tausch- und Handelsware taugte.

---

[2] Dies gilt zwar nicht uneingeschränkt für einige neuzeitliche, stark überzüchtete Schafsrassen, jedoch für nahezu alle Arten von Wildschafen und die aus diesen abstammenden urtümlichen Hausschafe.

Die folgende Übersicht zeigt eine (neben anderen Varianten) mögliche Einteilung der verschiedenen Schafrassen und aus ihnen gewonnener Wollarten:

Verwendungszweck	Wolltyp[3] (deutsche Einteilung)	Wolltyp[4] (anglo-amerikan. Einteilung)
Wollschaf	Merinoschaf	Fine-Wool Type
Woll-Fleisch-Schaf	Langwollschaf	Medium-Wool Type
Pelzschaf	Kurzwollschaf	Long-Wool Type
Fleischschaf	Grobwollschaf	Crossbred-Wool Type
Milchschaf	Haarschaf	Carpet-Wool Type
		Fur Type

Die Gewinnung der Wolle erfolgte zum weitaus größten Teil durch die Schafschur und nur zu geringen Anteilen durch die Sammlung von Schlacht- und Sterblingswolle. Die ordentliche Schafschur ermöglichte die Produktion von Wolle geregelter Sorte und Qualität, die auch entsprechend differenziert und mit abgestuften Preisen gehandelt werden konnte. Nachteilig konnte sich dagegen auswirken, dass die Schafschur saisonal gebunden war und damit der Großteil der Wolle auf einmal auf den Markt kam, während sich dagegen der **Verbrauch** der Wolle über das ganze Jahr verteilte. Gegenüber zahlreichen anderen landwirtschaftlichen Produkten zeichnete sich dafür die Wolle dadurch aus, dass sie bereits in einem verhältnismäßig frühen Stadium, also als Rohwolle, vergleichsweise lange aufbewahrt werden und damit auch recht unproblematisch transportiert und gehandelt werden konnte. Daher kam dem Wollhandel schon frühzeitig eine gewichtige Rolle zu, denn dieser musste nicht nur den dezentralen

---

[3] Eine andere, etwas modernere Einteilung, wäre die Unterscheidung *Fein- und Reinwollschafe, Schlicht- und Glanzwollschafe, Mischwollschafe* und *Wildschafe*; vgl. dazu bspw. Schiecke (1987), S. 16f..
[4] Die anglo-amerikanische Einteilung folgt der Systematik bei Ensminger/Parker (1986), S. 32f.

Aufkauf der Wolle und deren Verteilung über die Fläche übernehmen, sondern auch mit entsprechenden Lagerkapazitäten und einer genauen Marktbeobachtung die ganzjährige Wollversorgung für die verarbeitenden Gewerbe sicherstellen. Wolle war deshalb eines der ersten und zentralen Handelsgüter, mit denen Spekulationsgeschäfte betrieben werden konnten[5].

Eine üblicherweise vorkommende Einteilung der gewinnbaren Wollsorten bzw. –qualitäten konnte wie folgt aussehen:

Bezeichnung	Eigenschaften
Schurwolle (allgemein)	stammt von lebenden Schafen
• Lammwolle	kürzer, weich und seidig; nicht für jede Verarbeitungsart geeignet
• einschurige Wolle	besser geeignet für vermischtes Wollzeug
• zweischurige Wolle	besteht aus Sommerwolle und Winterwolle; am besten für Tücher und Filze geeignet
Schurwolle (am Einzelschaf)	
• Prima	vom Rücken der Schafe
• Secunda	vom Bauch der Schafe
• Tertia	von Kopf, Beinen und Schwanz der Schafe
Schlachtwolle	stammt von geschlachteten Schafen; mindere Qualität
Sterblingswolle	stammt von verendeten Schafen; mindere Qualität; weniger fest, lässt sich schlecht färben

---

[5] Hierüber lässt sich bspw. nachdrücklich die Enzyklopädie von Krünitz aus; vgl. Krünitz (1857), Bd. 240, Stichwort „Wollhandel", S. 104.

Je nach Bedarf, Region und Zeitraum, welcher der historischen Betrachtung unterliegt, konnte die Unterteilung der Sorten aber durchaus noch feiner erfolgen. Allein für die Einteilung der Schurwolle gibt beispielsweise Krünitz' Wirtschafts-Enzyklopädie aus dem 19. Jahrhundert nicht weniger als 15 Wollen an, die sich auf die verschiedenen Körperteile des Schafes verteilten[6].

Abb. 1: Heidschnucken und Merinoschafe

Schließlich ließ sich die Wolle, unabhängig von oder zusätzlich zur Gewinnungsqualität auch noch nach dem jeweiligen Verarbeitungszustand beziehungsweise dem Verarbeitungsstadium unterteilen. Moderne Klassifizierungen weichen dabei von historischen Einteilungen teilweise erheblich ab[7], aber verallgemeinernd konnten bei einer solchen Einteilung folgende Wollsorten unterschieden werden:

---

[6] Siehe Krünitz (1857), Bd. 240, S. 48; hier werden genannt:
1.Steinwolle, 2.Kopfwolle, 3.Nackenwolle, 4.Widerrüstwolle, 5.Rückenwolle, 6.Schwanzwurzelwolle, 7.Hals- oder Kodewolle, 8.Hosenwolle, 9.Wolfsbißwolle, 10.Bauchwolle, 11.untere Bauchwolle, 12.inwendige Schenkelwolle, 13.Beinwolle, 14.Blattwolle und 15.Seitenwolle.
[7] Alternative bzw. zusätzliche Einteilungen können u.a. gemäß Kriterien wie etwa nach dem *Vliesteil*, nach dem *Alter und Geschlecht der Schafe*, nach der *Feinheit der Wolle*, nach dem *Zustand*, nach *Verunreinigungen* und nach den *Faserqualitäten* erfolgen; vgl. dazu z.B. Schiecke (1987), S. 33 – 37.

Bezeichnung	Eigenschaften
Rohwolle	Wolle am Schaf bzw. unmittelbar nach der Schur
Schweißwolle bzw. Fettwolle	noch ungewaschene Wolle
Waschwolle	gereinigte Wolle
Streichwolle (auch: Kratzwolle, Tuchwolle, kurze Wolle)	bezeichnet gekräuselte Wollen von weniger als 100 mm Faserlänge; ausgeprägte Filzbildung
Kammwolle (auch: lange Wolle)	dient zur Fertigung glatter Wollzeuge ohne Verfilzung und von Strickgarnen; hat eine Faserlänge von 120–240 mm und schwache oder gar keine Kräuselung

Diese letztere Einteilung der Wolle zeigt bereits die Ausrichtung an, die für die Tätigkeit der Wollschläger relevant war. Wir werden diese Tätigkeiten im nächsten Kapitel noch ausführlich betrachten; jedenfalls übernahmen die Wollschläger die Bearbeitung der Wolle in einem ungewaschenen Stadium und gaben sie frühestens als gereinigte (geschlagene) Wolle wieder an andere Handwerke zur Weiterverarbeitung ab. Die weiter oben beispielhaft genannten Wollqualitäten beeinflussten die Arbeit der Wollschläger in erheblichem Maße, beispielsweise, was die Anzahl der Bearbeitungsgänge, die Intensität der Materialbehandlung oder die Dauer der Gesamtprozesse (inklusive Trocknungs- und Liegezeiten) betraf, und hatten letztlich natürlich höchst unterschiedliche Auswirkungen auf die Verdienstmöglichkeiten des Handwerks.

Der Beruf des Wollschlägers

Fridolin Furger beschreibt den Vorgang des Wollereinigens und Wolleschlagens wie folgt: *„Um sie von anhaftendem Schweiß zu befreien, wurde die Wolle zuerst gewaschen. Dann wurde sie getrocknet, auf Tischen ausgebreitet und mit Stöcken geschlagen. Durch das Schlagen wurde die Wolle von Sand und anderen Unreinigkeiten gesäubert und zugleich aufgelockert. Dann noch vorhandene Unsauberkeiten wurden mit der Hand entfernt. Hierauf wurde die Wolle eingefettet, meistens mit Öl, um dann gekämmt, gekrempelt und gestrichen zu werden. Damit war die Wolle zum Verspinnen vorbereitet"*[8].

Die entscheidenden Punkte in Furgers Beschreibung bestehen in folgendem: Waschen und Trocknen der Wolle, das eigentliche Schlagen der Wolle auf speziellen Schlagetischen und die Entfernung aller verbliebenen Verunreinigungen. Diese Tätigkeiten bilden zusammen genommen im Wesentlichen den Kern des Wollschläger-Berufs; die weiteren Verarbeitungsschritte der Wolle, die hier auch von Furger genannt werden, gehörten zwar teilweise zu den Aufgaben der Wollschläger, wurden aber je nach Ort und Zeitepoche teilweise auch von anderen Handwerken ausgeführt.

Die Reinigung der Rohwolle

Der erste Arbeitsgang der Wollbearbeitung war also eine Grundreinigung des Rohmaterials. Einigen Quellen zufolge bestand das Ausgangsmaterial zu weniger als der Hälfte der Rohmasse aus Wollfasern[9]:

- 20 – 50 Prozent Wollanteil,
- 10 – 23 Prozent Feuchtigkeit,
- 7 – 35 Prozent Wollschweiß und Fett,
- 3 – 43 Prozent Schmutz.

---

[8] Zitat nach Furger (1927), S. 5f.
[9] Angaben nach Meyer (1909), Stichwort „Wolle", S. 738. Zur Verteilung von Schmutzanteilen bei verschiedenen Wolltypen vgl. auch Schiecke (1987), S. 64, dabei auch bes. Tabelle 5-2.

15

Aufwendig gestaltete sich vor allem die Entfernung des Wollschweißes. Wollschweiß aus Wollfett und den eingetrockneten Hautabsonderungen der Schafe; er bildet mit bestimmten Arten von sonstigen Verunreinigungen unter Umständen eine sehr zähe Schmiermasse. Daher war es erforderlich, die Rohwolle vor jeder anderen Bearbeitung zumindest grundlegend davon zu befreien. Teilweise geschah dies noch auf dem Rücken der Schafe, mit der so genannten Rücken- oder Pelzwäsche. Dazu wurden die Schafe teils in Gewässer getrieben, teils von Hand oder, in späteren Zeiten, mit einer Wasserspritze gewaschen; danach kam meist eine Bearbeitung mit Seifenlauge dazu. Mit diesen Waschgängen konnte die Wolle von einem großen Teil der Verschmutzungen befreit werden und wurde nach dem Trocknen der Schafe geschoren.

Allerdings waren damit die Verunreinigungen noch längst nicht vollständig beseitigt, so dass auch nach der Schur noch ein bis mehrere Waschgänge erfolgen mussten. Je mehr sich das wollverarbeitende Gewerbe gegen Ende des Hoch- und Anfang des Spätmittelalters in den Städten konzentrierte und entwickelte, desto mehr wuchsen auch die Anforderungen an Menge und Verarbeitungsgeschwindigkeit der Rohwolle, die zur Weiterverarbeitung für die städtischen Gewerbe zur Verfügung gestellt werden musste. In diesem Zusammenhang dürfte die Beobachtung einzuordnen sein, dass sich die Notwendigkeit ergab, ein eigenes Gewerbe zu etablieren, welches die Reinigung, Erstbearbeitung und Aufbereitung der Wolle für die spätere Verarbeitung zu Stoffen, Geweben und Tuchen übernahm: das Handwerk der Wollschläger. In dem anderen großen Zweig der Textilbranche, der Flachsverarbeitung, war es dagegen offensichtlich sehr viel länger so, dass die Vorverarbeitung des Materials (vom Flachsbrechen über das Hecheln bis hin zum Spinnen) in Form von Hausarbeit in den ländlichen oder städtischen Kleinstwirtschaften betrieben wurde[10].

---

[10] So zumindest die Vermutung bei Schmoller (1879), S. 410.

Das Schlagen der Wolle

Nach Abschluss aller Nassreinigungsvorgänge begann die Kernarbeit der Wollschläger. Zunächst musste die Wolle gründlich getrocknet werden, bevor sie geschlagen werden konnte. Die getrocknete Wolle wurde dann auf speziellen Schlagetischen ausgebreitet. Bereits das Aufstellen dieser Schlagetische war, ganz abgesehen von der Ausübung des Handwerks und den zu erhebenden Preisen, in den Zunftordnungen streng reglementiert und anzeigepflichtig. Insbesondere Wollschlägerknechte, die außerhalb der Häuser ihrer Meister bzw. zuhause Wolle schlagen wollten, mussten sich die Aufstellung der Tische explizit genehmigen lassen und für jeden Schlagetisch eine regelmäßige Gebühr entrichten. Für das unerlaubte Aufstellen von Schlagetischen wurde eine empfindliche Geldbuße verhängt[11].

Die ausgebreitete Wolle wurde nun mit entsprechenden Schlaginstrumenten, etwa dem *Wollbogen*[12], so lange bearbeitet, bis die restlichen Verunreinigungen entfernt waren und die Masse so weit aufgelockert werden konnte, dass die Fasern hinreichend voneinander getrennt und verteilt waren. Je nach Art und Qualität der Wolle musste das Schlagen in mehr als einem Arbeitsgang erfolgen oder nach erneuter Zwischenwäsche wiederholt werden. Zum Abschluss des Schlageprozesses folgte üblicherweise ein Kontrolldurchgang, bei welchem die so bearbeitete Wolle noch einmal auf verbliebene Unregelmäßigkeiten oder Knoten untersucht wurde.

Eine Besonderheit des Wolleschlagens war, dass die Tätigkeit wegen der großen Feuergefahr nur bei Tageslicht ausgeführt werden durfte. Sowohl Dämmerungszeiten und erst recht Nachtarbeit schieden aus, denn jeder Umgang mit offenem Licht war wegen der unzähligen umherfliegenden

---

[11] Die Regelgebühr (1 Schilling Pfennige = 6-12 Pfennige) musste zu jedem Fronfasten entrichtet werden. Die Strafgebühr betrug gleich das Zehnfache davon, also 60-120 Pfennige; siehe hierzu den § 30 aus der Ordnung der Wollschläger, in Schmoller (1879), S. 30.

[12] Vgl. Adelung (1793), Stichwort „Wollbogen", S. 1606.

Fasern zu gefährlich. Verstöße gegen das Lichtverbot wurden sehr streng geahndet, wie etwa die Strassburger Wollschlägerordnung zeigt:

> *„Es soll auch kein Wollschläger, ob Meister oder Knecht, bei irgendeinem Licht Wolle schlagen, weder morgens noch abends, weder wenig noch viel [...] noch irgendwo sonst in der Stadt, damit kein Schaden von irgendeinem Licht ausgehen möge ... Wer dagegen verstößt, der entschädigt unser Handwerk [...] und es sollen auch alle jeweils amtierenden Fünfmannen der Tucher dieses rügen, ernst nehmen und bestrafen, wenn es ihnen bekannt wird"* [13].

War das eigentliche Wolleschlagen beendet, musste die Wolle wieder mit einem gewissen Fettanteil angereichert werden, um sie für die anstehenden Spinnprozesse weich und genügend geschmeidig zu machen. Der Großteil des Wollfettes war ja bei den vorangegangenen Waschvorgängen entfernt worden. Ohne den Arbeitsschritt des Wiedereinfettens wäre die geschlagene Wolle für die Weiterverarbeitung entsprechend zu mürbe oder spröde gewesen. Dieser Vorgang wurde als *Ölen* oder *Schmälzen* bezeichnet [14].

Es gab schließlich auch Wolle, die nicht geschlagen wurde, sondern nach den Reinigungsprozessen direkt *gestrichen* wurde. Das Material wurde dabei jedoch zuvor ebenfalls geschmälzt.

Die Preise für das Wolleschlagen

Im so genannten *Wollwirkerzettel* der Stadt Regensburg aus dem Jahre 1486 wird ein recht detaillierter Preiskatalog für das Wolleschlagen verzeichnet. Unter der Bezeichnung „Lohn der Wollknappen" werden folgende Preise festgelegt [15]:

- für **weiße** Wolle bei 21 Pfund zur Kette [Kette bezeichnet das in der Länge des Gewebes verlaufende System von Fäden; „zur Kette" meint hier das bloße Streichen der Wolle ohne Schlagen] 8 Regensburger Pfennige, bei einem Stein [mindestens 22 Pfund] zum Einschlag 16 Pfennige

---

[13] Zitiert nach Schmoller (1879), S. 30 = § 32 der Wollschlägerordnung.
[14] Siehe hierzu Furger (1927), S. 6; Palla (1994), S. 361.
[15] Angaben nach Heimpel (1926), S. 261 f.

- für **schwarze** Wolle bei einem Stein zur Kette 10 Pfennige, bei einem Stein zum Einschlag 24 Pfennige

- für **Pilsner** Wolle bei einem Stein zur Kette 16 Pfennige, bei einem Stein zum Einschlag 24 Pfennige

- für **Saitwolle** [Lammwolle] bei einem Stein zum Einschlag 9 Pfennige.

Dabei darf nicht der Eindruck entstehen, dass die weiße Wolle wegen des günstigeren Schlagepreises die schlechteste gewesen wäre; sie entsprach im Gegenteil der besseren Qualität. Die schwarze oder Pilsener Wolle war demgegenüber nicht so hochwertig bzw. härter, so dass sie länger geschlagen werden musste, was den höheren Preis aufgrund der Mehrarbeit erklärt.

Die Preise für das Wolleschlagen in Strassburg ergeben sich aus der *Wollschläger-Ordnung* von 1434 und sind dort wie folgt festgelegt[16]:

- bei weißer Wolle als auch bei grober Wolle, die nur einmal geschlagen wird, für jedes Pfund zu schlagender Wolle einen Pfennig
- bei grober Faser, die man zweimal schlägt, bei einem Stein [mindestens 22 Pfund] zehn Pfennige
- bei weißer oder grober Faser, die man nicht mehr schlägt, aber streichen lässt, bei einem Stein drei Pfennige.

Man sieht hieran, dass die Preisrelation in beiden Städten etwa ähnlich gelagert war: Das bloße Streichen der Wolle war preiswerter, das Schlagen entsprechend teurer. Die oben genannten Preise zu Strassburg galten allerdings nur, wenn der Kunde entweder der Weber- oder der Tucherzunft angehörte. Für alle anderen Kunden, die keiner dieser beiden Zünfte angehörten, lagen die Preise deutlich höher[17]:

- bei weißer Wolle und bei grober Wolle, die nur einmal geschlagen wird, für jedes Pfund drei Halblinge [= 1,5 Pfennige]
- bei grober Wolle, die man zweimal schlägt, für jedes Pfund zwei Pfennige
- bei nur zu streichender Wolle von einem Steine [22 Pfund] vier Pfennige.

---

[16] Angaben nach Schmoller (1879), S. 29 = § 25 aus der Ordnung der Wollschläger.
[17] Angaben nach Schmoller (1879), S. 29 = § 27 aus der Ordnung der Wollschläger.

Abweichungen von den seitens der Zunft festgelegten Preisen wurden streng geahndet. Sowohl für den Fall, dass Angehörige der privilegierten Weber- und Tucherzünfte betroffen waren, als auch für alle übrigen Kunden musste das Handwerk (also die Zunft) entschädigen werden. Dabei spielte es keine Rolle, ob die Kunden übervorteilt oder begünstigt wurden. War der schuldige Wollschläger ein Meister, so musste ein Pfund [wohl 240] Pfennige als Strafe gezahlt werden; war der Schuldige ein Knecht, so mussten zehn Schilling [zu je 6 bis 12] Pfennige gezahlt werden[18]. Diese Strafsummen waren praktisch kaum aufzubringen und hätten, insbesondere für die Knechte, oft das Ende der Berufsausübung bedeutet.

Das Kardieren oder Kämmen der Wolle

Ein weiterer Arbeitsprozess, den häufig die Wollschläger übernahmen, war das so genannte *Kardieren*. Wiederum je nach Region und Zeitpunkt wurde dies auch als *kardätschen*, *krempeln*, *kämmen*, *streichen* oder *kratzen* bezeichnet. Gemeint war mit diesen unterschiedlichen Bezeichnungen dasselbe, nämlich das Bemühen, die nach dem Schlagen eher lose nebeneinander liegenden Wollfasern mithilfe eines geeigneten Werkzeugs in Form zu bringen und zur Erleichterung des späteren Spinnens miteinander zu verhaften.

Unterschiedlich waren die dafür verwendeten Werkzeuge. Das einfachste Hilfsmittel war gleichzeitig Namensgeber des Vorgangs: die *Karde* (auch: Karden-Distel, Weber-Karde[19]), ein Distelgewächs, deren getrocknete Blütenstände sich gut dazu eigneten, die Wollfasern zu kämmen. Dazu wurden die Kardenköpfe nicht einzeln verwendet, sondern zu mehreren zu einem Kämminstrument zusammengefügt. Eine solche Karde verfügte zwar nur über eine sehr begrenzte Haltbarkeit, das Rohmaterial stand andererseits aber praktisch kostenlos zur Verfügung.

---

[18] Grundlage sind der § 26 der Wollschlägerordnung für die privilegierten Zünfte und der § 28 für die sonstigen Kunden; siehe in Schmoller (1879), S. 29.
[19] Lat. Spezies hauptsächlich *Dipsacus sativus*.

Etwas fortgeschrittener waren die in späterer Zeit verwendeten *Wollkämme* oder *Krempel*. Sie bestanden aus Holzbrettchen, die mit Nägeln bestückt waren. Damit standen deutlich haltbarere Instrumente zur Verfügung, die im Gegensatz zu den Karden dafür eine gewisse Investition (vor allem der eisernen Nägel wegen) erforderten. Entsprechend des Einsatzes der Wollkämme wandelte sich auch die Bezeichnung der Tätigkeit hin zum *Wollkämmer* oder *Kämmler*.

Nichtsdestoweniger blieb die Tätigkeit des Kardierens in bestimmten Gebieten erhalten, da es sich um eine nahezu verlustfreie Bearbeitungsmethode handelte, was für Kleinstbetriebe und Heimverarbeitung teilweise essentiell war. Das Kämmen war dem gegenüber nicht verlustfrei, da hier je nach Material zum Teil erhebliche Reste (wie zu kurze oder schwache Fasern) anfielen, die nicht zum so genannten *Kammgarn* gemacht werden konnten bzw. beim Kämmen ausfielen. Kämmen eignete sich also eher für größere Mengen anfallenden Ausgangsmaterials, aus welchem entsprechend genügend vorbereitete Wolle zur Weiterverarbeitung gewonnen werden konnte. Je weiter die Mechanisierung des Handwerks im Laufe der Frühen Neuzeit fortschritt und je weiter sich eine vorindustrielle Weiterverarbeitung der Wolle, etwa in Manufakturen, etablierte, desto mehr wurde das Kardieren gegenüber dem Kämmen zurückgedrängt. Noch im 18. Jahrhundert allerdings bildete die Herstellung von Kardätschen oder Reiß- und Krämpelkämmen in Deutschland einen nicht unbedeutenden Wirtschaftszweig, wie eine Wirtschafts-Enzyklopädie von 1785 zu vermelden weiß:

> *„Diese Werkzeuge werden an verschiedenen Orten in Deutschland, Mähren, Polen, Holland und Frankreich, von besondern Handwerkern gemacht, die daher Kardetschenmacher, oder Kammsetzer, frz. Cardiers, genannt werden, und an einigen Orten in Deutschland zünftig sind, an andern Orten aber nicht zünftig sind"*[20].

Nicht überall wurde die Tätigkeit des Kardierens oder Kämmens von den Wollschlägern ausgeübt. In einigen Regionen existierte der Kardierer bzw.

---

[20] Zitiert nach Krünitz (1785), Bd. 34, Stichwort „Kardetsche", S. 687.

dann der Kämmler als eigenständiger Beruf. Nachgewiesen ist die Ausübung der Tätigkeit durch die Wollschläger in Süddeutschland, beispielsweise für Regensburg und Strassburg. In Strassburg etwa, wo der Arbeitsgang wohl auch insgesamt als *Streichen* bezeichnet wurde, wird er als Tätigkeit explizit in der Wollschläger-Ordnung als originäre Berufsangelegenheit erwähnt und mit Preisvorgaben versehen[21].

Die Endverarbeitung der Wolle: Spinnen und Weben

Die letzten Arbeitsgänge, die wir in der langen Kette der Wollverarbeitungsprozesse finden, sind das Spinnen der Wolle zu Fäden und Garn sowie deren Weiterverarbeitung zu Stoffen und Tuchen. Diese Prozesse waren nicht unbedingt Kernprozesse des Wollschlägerhandwerks, aber oftmals brachten es die Entwicklungen im Rahmen der Zunftverfassung mit sich, dass diese Arbeiten von Wollschlägern übernommen wurden.

Das Spinnen erfolgte bis weit in die Frühe Neuzeit hinein mit der Handspindel. Dabei wurde die gekämmte Wolle um einen hölzernen Stab (den so genannten Rocken) gewickelt, wobei die Spinner durch Ausziehen des Fadens mit der einen Hand und Drehung der Spindel mit der anderen Hand das Ordnen der Fasern bewirkten. Erst spät wurde die Arbeit mit der Verwendung eines einfachen Handrades erleichtert, und erst 1530 wurde das Spinnrad mit Trittantrieb erfunden[22]. Bis dahin blieb die Spinnerei eine mühsame Handarbeit, die mit übergroßer Mehrheit von Frauen ausgeübt wurde.

Die fertigen Wollfäden wurden schließlich durch das Weben zu fertigen Stoffen unterschiedlicher Machart und Beschaffenheit verwoben. Im Gegensatz zum Spinnen standen für die Weberei schon seit vorgeschichtlicher Zeit Handwebstühle zur Verfügung. In vielen Städten gehörte das Weben als Arbeitsprozess ganz in die Hand eigener Zünfte wie – naheliegend – den Webern oder den Tuchmachern. Mitunter aber

---

[21] Siehe den § 25 der erwähnten Ordnung von 1400/1434, in: Schmoller (1879), S. 29.
[22] Siehe hierzu Meyer (1909), Stichwort „Spinnen", S. 744-748.

entspann sich, wie wir dies am Beispiel Strassburgs noch sehen werden, um das Recht des Webens ein Wettbewerb verschiedener Zünfte, zu denen auch die Wollschläger gehören konnten.

Die Bezeichnung des Berufs im Mittelalter und der Frühen Neuzeit

Soweit die Urkunden und anderen Nachweise bereits in deutscher Sprache vorliegen, finden wir eine erhebliche Bandbreite von Namensvarianten oder Bezeichnungen, die für den Wollschläger-Beruf stehen. Neben den noch leicht erkennbaren Begriffen *Wolleslaher*, *Wollsloher* oder *Wollenschläger* (und vielen weiteren orthographischen Abweichungen) gab es auch *Woller* und *Wollwirker*. Letztere waren zwar nicht unbedingt vom Namen, aber oft vom Tätigkeitsinhalt her Wollschläger; gleiches konnte (jedoch nicht immer, wie weiter oben bereits ausgeführt) auf einfache *Schläger*, auf *Wollkämmer* oder *Kardierer* zutreffen. Doppeldeutig ist auch der Begriff *Wollweber*, denn je nach Ort konnte hier tatsächlich ein Angehöriger der Weberzunft gemeint sein oder aber ein Wollschläger, der sein Produkt auch endverarbeitete. Oftmals führt es heute zu Verwirrungen, wenn in auch nahe beieinander liegenden Regionen die Zünfte oder Handwerke im Laufe der Zeit unter ganz unterschiedlichen Namen weiter- oder zusammengeführt wurden[23].

Der teilweise zugrunde liegende oder früher, etwa in lateinischen Urkunden, gebrauchte Begriff war das lateinische *lanator* oder *lanifex*, was im engeren Wortsinn einfach „Wollarbeiter" bedeutet[24], gegebenenfalls auch *lanarius*. Im Französischen wurde für die Wollschläger neben dem lateinischen *lanator* auch die Bezeichnung *toisserans de lange* (wörtlich: Vlies-/Schafswoll-Wickler) verwendet. Als sich später ähnlich wie in

---

[23] Man beachte hierzu bspw. die recht durchgängige Bezeichnung „Wolleslaher" in Strassburg, wo die Zunft später in den Tuchern aufging, im Vergleich etwa zu Regensburg, wo die Grenzen zwischen Wollern, Wollschlägern, Wollwirkern und Webern deutlich schwieriger zu ziehen waren; vgl. Heimpel (1926), S. 23, 192f., 254-260.
[24] Zusammengesetzt aus lana (Wolle) und facere (tun); nach Karl-Ernst Georges, Ausführliches lateinisch-deutsches Handwörterbuch, Hannover 1918, Bd. 2, Sp. 554, Stichwort „lanifex".

Strassburg, wie wir dies weiter unten noch ausführlich sehen werden, die Wollschläger zu wohlhabenderen Tuchmachern entwickelten, führten sie wie in Paris oder Amiens den dafür entsprechenden Namen als *drapier*. Die Tätigkeiten im Umfeld der Wollschläger nahmen entsprechend die *fileresse* (Spinnerin), die *pigneresse* (Kämmerin, auch: Kardätscherin, wobei für letzteres auch der Begriff *cardeur* existiert), der *tisserand* (Weber) und der *pareur* (Walker) wahr[25], mit jeweils begrenzteren Arbeitstätigkeiten gegenüber den Erstgenannten.

---

[25] Schmoller bezieht sich hier auf das sog. „Tuchmacherstatut" von Amiens aus dem Jahre 1308; die Begriffe stammen aus dem Altfranzösischen und weichen teilweise von der modernen frz. Schreibweise ab; vgl. Schmoller (1879), S. 411 inkl. Fn 2.

Der Anbau von Kardendisteln als Wirtschaftsform
Eine Quellenschau aus dem Jahre 1785

„Die Kardendisteln, welche man bey Halle im Magdeburgischen gewinnt, werden in hiesigen Landen für die besten gehalten. Sie sind auch in Schlesien schon seit langen Zeiten mit nicht unbeträchtlichem Erfolge gebauet worden, und es ist so gar ein Handelszweig daraus entstanden, indem Schlesien vormahls nach Böhmen, Mähren, besonders nach Danzig und Elbing, eine große Menge davon mit gutem Nutzen ausgeführt hat. Jetzt wird die Kardendistel nur an wenigen um Breslau gelegenen Oertern, unter welchen sich Ramschau, Saccerau, Wilisch, Weigelsdorf, Hundsfeld, Ruschkowitz und Paschkerwitz mäßig auszeichnen, gezeuget, und man darf sich daher nicht verwundern, wenn sonst das Tausend um 15 Silbergroschen zu stehen kam, daß man jetzt 2 Reichsthaler und darüber dafür zahlen muß, und noch viele von den dortigen Fabrikanten aus Halle oder Leipzig, wo sie stark gebauet werden, ihre Bedürfnisse verschreiben, und das Tausend um 3 bis 5 Reichsthaler bezahlen müssen.

In England sind um Wrington herum, in Sommerset=Shire, viele Einwohner mit dem Anbau der Kardendistel beschäftigt, und von dort werden die Zeug=Manufacturen in den Grafschaften Glocester, Sommerset und Wilt, damit versehen, und auch noch eine große Menge davon jährlich nach York=Shire geführt. Auch werden sehr viele Karden in einigen Theilen von Essex gebauet.

Die Karden werden gemeiniglich in großen Packeten von 1.000 Stück verkauft, wovon jedes Tausend aus 40 kleinen Packeten, jedes von 25 Köpfen besteht, welche mit den Stielen zusammen gebunden sind. Man bekommt sie, gedachter Maßen, aus Halle, Schlesien, und die besten und von den feinsten Häkchen aus Holland, zu den feinen Geweben. Sie werden hauptsächlich von den Webern, Tuchmachern, Strumpfstrickern etc. gekauft, die solche stark gebrauchen, und aus denselben eine Art Bürsten machen, welche sie Kardetschen nennen, die ich weiter unten beschreiben werde.

Doch brauchen diese Handwerker sie nicht alle von gleicher Größe und Stärke. Ueberhaupt werden zwar die größten Köpfe, und diejenigen, welche die stärksten Stacheln haben, für die besten gehalten, und am höchsten geschätzet; mehrentheils und am stärksten aber werden die recht großen, und mit recht starken Haken versehenen Karden von den Strumpfstrickern, Strumpfwirkern, zur Zurichtung ihrer Strümpfe und anderer gewalkten

Arbeit, und von den Tuch= und Deckenmachern zu Aufkratzung der groben Tücher und Decken gebraucht ... Zum Aufkratzen der feinen Tücher und Zeuge von hohem Preise ... hingegen bedienen sich die Tuch= und Zeugmacher, Tuchbereiter, Walker und Wollkämmer, einer etwas kleinern Art von Karden. Die kleinsten und schlechtesten Karden, weil sie so ungemein klein sind, daß sie nicht viel größer als ein Hänflings=Kopf sind, werden nur zum Aufkratzen der Wolle an den schlechtesten Zeugen ... gebraucht. Wenn die Köpfe dieser Disteln noch nicht gebraucht sind, nennt man sie lebendige oder neue Distel, diejenigen hingegen, welche man schon gebraucht hat, todte, und es bedienen sich die vorerwähnten Professionisten der letztern zum Anfange, und der ersten zur Vollendung ihrer Arbeit".

Aus:
Oekonomische Encyklopädie oder allgemeines System der Staats- Stadt- Haus- und Landwirthschaft von D. Johann Georg Krünitz, Band 34 (1785), S. 672 – 681.

Strassburg – Die Hochburg des Wollschlägerhandwerks

Entstehung und Organisation des Handwerks

Die Wollschläger dürften um das Jahr 1300 in Strassburg als eigenständige Zunft etabliert gewesen sein. Zwar treten in den Urkunden der Stadt die Wollschläger zum ersten Mal im Jahre 1357 als eigene Zunft auf, dennoch kann man aufgrund verschiedener Schlussfolgerungen zu diesem Datum kommen. Zum einen liegt eine Urkunde aus dem Jahr 1383 vor, worin die Zünfte der Wollschläger und der Weber auf eine gemeinsame Übereinkunft verweisen, die „vor achtzig Jahren" (entspricht also dem Jahr 1303) geschlossen worden sei[26]. Zum anderen werden die Wollschläger bereits ab 1332 im Ratsbuch geführt, da sie seither einen Ratsherrn stellten. Unter den gelisteten Handwerken nehmen die Wollschläger dabei die sechste Stelle ein, seit 1335 sogar die vierte Stelle, welche sie auch bis nach 1400 behielten. Daher scheint es konsequent anzunehmen, dass zu dieser Zeit (um 1330) die Zunft der Wollschläger als etabliert betrachtet werden kann[27].

Im Verlauf des 14. Jahrhunderts (mit konkreten Daten zwischen 1322 und 1412) sind in Strassburg insgesamt 99 verschiedene Personen nachgewiesen, die den Beruf des Wollschlägers ausübten[28]. Die Mehrzahl davon waren einfache Handwerksmeister oder Knechte. Dennoch kann eine nennenswerte Anzahl besser gestellter Meister identifiziert werden, nämlich indem 26 dieser Wollschläger als Mitglieder des „Rates von den Wollschlägern" bezeichnet werden. Interessanterweise trug nur einer der 99 Wollschläger den Berufsnamen gleichzeitig als Familiennamen (Rüfelin Wolleslaher); ein weiterer Handwerker mit dem Familiennamen Wollschläger (Lorenz Wollschläger) übte den Beruf des Schuhmachers aus.

---

[26] Urteil des Rates, dass die Unterkäufer für die Wolleschläger und Weber gemeinschaftlich seien, Strassburg 1383; Abdruck in Schmoller (1879), S. 12f.
[27] Vgl. hierzu Schmoller (1879), S. 396f., der die Wollschläger vor allem der Weberzunft gegenüberstellt.
[28] Alle Zahlenangaben in diesem Abschnitt orientieren sich an der Personendatei von Heusinger (2009), S. 360 – 605.

Die bedeutende Rolle der Wollschläger-Zunft im 14. Jahrhundert wird dadurch deutlich, dass sich in dieser Zeit die Wollschläger gegenüber einer in gewisser Weise konkurrierenden Zunft, nämlich den Webern, profilieren und durchaus auf Kosten der letzteren durchsetzen konnten. Viele Wollschläger hatten offensichtlich Teile der Woll-Endverarbeitung – über das Spinnen hinaus –übernommen und webten selbst Stoffe und Tuche, um sie dann an die Tuchmacher zu verkaufen. Dagegen protestierten die Weber, die ihr Gewerbe bedroht sahen. Doch in einem Ratsurteil aus dem Jahre 1357 konnten die Wollschläger ihr Recht durchsetzen, selbst Webstühle aufzustellen:

> „Wir tun kund und zu wissen, dass ... unsere Herren Meister und Rat, Schöffel und Ammann zu Strassburg gemeinsam überein gekommen sind, dass unsere ehrbaren Leute des Wollschläger-Handwerks Webstühle in ihre Häuser setzen mögen [...]. Ihr sollt auch wissen, dass ein Teil der Meister und Knechte von den Webern zu uns gewechselt sind, weil sie glauben, besseren Schirm und Nutzen bei uns zu haben als bei den Webern, weil wir auch denen, die zu uns kommen, in solchem Maße gutes tun, dass sie gern bei uns sein werden"[29].

Nicht nur die Wollschläger-Meister, sondern auch die Knechte hatten damit, sowohl in der Stadt als auch auf dem Land, das Webstuhlrecht erstritten. Die Erwerbsmöglichkeiten waren damit innerhalb der Wollschläger-Zunft offenbar so umfangreich geworden, dass – wie im Ratsbeschluss deutlich wird – zahlreiche Weber lieber zur Wollschläger-Zunft überwechselten. Damit waren die Weber als Zunft gegenüber den Wollschlägern deutlich ins Hintertreffen geraten und blieben offenbar weitgehend auf Lohnarbeit beschränkt[30]. Zu der weniger bedeutenden Stellung der Weber trugen, zumindest für Strassburg, allerdings auch zwei weitere Umstände bei: Zum einen übernahmen die Weber im Gegensatz zu den Wollschlägern nicht den Einkauf der Wolle und keine der vorbereitenden Tätigkeiten (wie Waschen, Zupfen, Auslesen, Schlagen und

---

[29] Offener Brief des Wollschlägerhandwerks, dass der Rath den Mitgliedern desselben das Recht zur Aufstellung von Webstühlen in ihren Häusern erteilt habe; zitiert nach Schmoller (1879), S. 6.
[30] Letzteres meint zumindest Knut Schulz; siehe dazu Schulz (1985), S. 61.

Spinnen der Wolle). Daher kam es zwar vor, dass die Strassburger Wollschläger die Weber gegen Lohn beschäftigten, nicht aber umgekehrt. Zum anderen waren möglicherweise Webe-Arbeiten viel eher als die körperlich schwerere Wollschlägerei auch als viel kleinteiligere Frauen- und Heimarbeit verbreitet, was die Zunftkonzentration erschweren konnte[31].

Nahezu gleichzeitig setzten sich die Wollschläger gegen noch eine weitere Zunft durch, nämlich gegenüber den Hutmachern. In einem entsprechenden Ratsurteil aus dem Jahre 1361 verfügte der Ammeister[32], dass

> „... kein Hutmacher etwas anderes schlagen soll, sei es Haar oder Wolle, als er für seine Hutmacherei bedarf, und darf auch keine Knechte lehren, Haar und Wolle zu schlagen, außer was zur Hutmacherei gehört. Und es soll weder Meister noch Knecht irgendein Lohnwerk schlagen, ausgenommen die Baumwolle der Krämer"[33].

Damit war es den Hutmachern ausschließlich möglich, Filz (wofür das erwähnte „Haar" steht) oder Wolle für den Eigenbedarf zu bearbeiten; alle anderen Bearbeitungsgeschäfte, die Lohnarbeit rund um das Schlagen sowie die Ausbildung (wiederum außer den streng hutmacherspezifischen Anteilen) blieben den Wollschlägern vorbehalten.

Von den Wollschlägern zu den Tuchern

Mit diesen Entwicklungen hatte das Wollschläger-Handwerk den Zenit seiner Entwicklung in der Stadt Strassburg erreicht. Gleichzeitig war damit

---

[31] So argumentiert v.a. Schmoller (1879), S. 410f. Dies muss allerdings mit Vorsicht bewertet werden, da die Zunftbestimmungen auch bei den Wollschlägern ausdrücklich deren Ehefrauen und Kindern die Mitarbeit im Gewerbe erlaubte; siehe dazu auch Heusinger (2009), S. 218f.
[32] Der Begriff „Ammeister" ist eine Verkürzung von „Amman-Meister" und meint im Mittelalter den Vorsitzenden des Kollegiums der Zunftmeister, woraus in späterer Zeit das Oberhaupt der städtischen Verwaltung werden konnte. Vgl. hierzu das DRW, Stichwort „Ammeister", abgerufen am 04.08.2011.
[33] Urtheil des Ammeisters über die technische Abgrenzung des Wollschläger- und Hutmacher-Handwerks, zitiert nach Schmoller (1879), S. 8.

aber auch das Ende des Handwerks als solches und der Übergang in eine streng genommen andere Zunft eingeläutet.

Mit den oben erwähnten Auseinandersetzungen und der Etablierung gegenüber den Webern begannen die Grenzen zwischen den Tuchmachern und denjenigen Wollschlägern zu verschwimmen, die durch die Aufstellung von Webstühlen und dem Aufbau einer Gewebeproduktion einen Einstieg in das Tuchmachergeschäft erreichten. Nicht nur die Weber wurden erheblichen Teilen Lohnarbeiter der Wollschläger, sondern auch das eigentliche Wolleschlagen wurde jetzt mehr und mehr eine Arbeit der ärmeren Meister unter den Wollschlägern, nämlich derjenigen, welche sich keinen Webstuhl leisten konnten. Damit unterschieden sie sich nur noch wenig von den Wollschläger-Knechten, die ja ebenfalls auf das Reinigen, Schlagen und Spinnen der Wolle beschränkt waren. Als die Knechte 1381 in einem Verfahren versuchten, für sich das Recht der Tuchherstellung zum Eigenbedarf zu erstreiten, wurde ihnen dies in einem Ratsurteil strikt untersagt. Gleichzeitig wurde aber auch verfügt, dass für die Gewebe- und Tuchproduktion immer das volle Zunftrecht der Tucher erforderlich sei. Dies konnten sich wieder nur die wohlhabenderen Wollschlägermeister leisten, so dass dadurch sowohl ärmere Meister als auch Knechte auf das Schlagen und die unmittelbar dazu gehörenden Tätigkeiten beschränkt blieben. Dies konnte sogar Söhne von Tuchermeistern treffen, die das Zunftrecht nicht mehr selbst erwerben konnten. Wie schon Gustav Schmoller schrieb, bot sich Ende des 14. Jahrhunderts folgendes Bild der bisher so etablierten Wollschläger:

> *„Wir sehen hier verheiratete Knechte, Söhne ehemaliger Meister, die in ihren Wohnungen für die reicheren ehemaligen Genossen das Wolleschlagen besorgen, während diese nun als Unternehmer die Wolle einkaufen, bei den Knechten spinnen lassen und dann zu Tuch verarbeiten"*[34].

Diese mehr oder weniger zu beobachtende Gleichstellung der verbliebenen „echten" Wollschlägermeister und -Knechte zeigt sich auch darin, dass die einen wie die anderen Lehrlinge ausbilden konnten, wie dies in der

---

[34] Zitiert nach Schmoller (1879), S. 419.

Wollschläger-Ordnung von 1434 beschrieben wird. Außerdem betrug damals die Lehrzeit nur noch ganze sechs Wochen, was die deutlich gesunkenen Anforderungen an das Handwerk unterstreicht. Wollschlägermeister und –knechte waren schließlich auch praktisch darin gleichgestellt, was die Aufstellung von Schlagetischen betraf. Während in früherer Zeit offensichtlich nur die Meister dazu berechtigt gewesen waren, durfte jetzt auch offiziell jeder Knecht einen Schlagetisch in seinem Haus aufstellen, wenn er eine geringe Gebühr (einen Schilling zu jedem Fronfasten) entrichtete[35].

Im Gegensatz zu diesen Gruppen hatten sich die wohlhabenderen Wollschlägermeister mittlerweile den Tuchmachermeistern nahezu angeglichen, was ihren Status und die Art ihrer Tätigkeiten betraf. Diese Entwicklungen schlugen sich allmählich auch im allgemeinen Status der Wollschläger als Zunft nieder. Die erwähnte Urkunde zur Entscheidung über die Eigenproduktion von 1381 bezeichnete die Fünfmannen[36] des Handwerks zum ersten Mal als *„Fünfmanne der Tuchere und der Meistere Wolleschlägerhandwerks"* im Gegensatz zu den „Fünfmannen der Wollschläger", die noch 1361 so benannt worden waren. Das Ratsbuch nannte die Wollschläger 1398 zum letzten Mal in eigenständiger Form, während sich die Zunft offenbar schon spätestens 1381 mit dem Doppelnamen bezeichnete. Nach der Wende zum 15. Jahrhundert wurde allmählich nur noch die Bezeichnung „Tucher" (oder Tuchmacher) gebraucht. Dies war, wie bereits beschrieben, offenbar auch inhaltlich dadurch begründet, dass die reichen Wollschlägermeister sozusagen nur noch Tuche herstellten, dies zum Mittelpunkt ihres Handwerks wurde und sie damit die (gemeinsame) Tucherzunft dominierten.

---

[35] Die Darstellung der Entwicklungen folgt im Wesentlichen der zwar mittlerweile schon älteren, aber in fast allen Dingen praktisch unwidersprochenen Darstellung von G. Schmoller; vgl. also besonders Schmoller (1879), S. 418-422, dazu aber auch Heusinger (2009), S. 68-70 und Alioth (1988), S. 378-380.
[36] Fünfmannen = Mitglieder eines Fünfmännerausschusses, bildeten i.d.R. das oberste Rechtsorgan einer jeweiligen Zunft. Es bestand meist aus dem (obersten) Zunftmeister und vier Beisitzern oder Geschworenen. Ansonsten gab es auch Fünfmänner-Schiedsgerichte. Vgl. dazu Schmoller (1879), S. 401; siehe auch das DRW, Stichwort „Fünfmann", abgerufen am 11.08.2011.

Der veränderte Status spiegelte sich auch in der Trinkstuben-Zugehörigkeit der Wollschläger wieder. Wir werden weiter unten noch näher auf die Trinkstuben eingehen; an dieser Stelle sei nur erwähnt, dass bereits für das Jahr 1390 dokumentiert ist, dass gleich sechs Wollschläger von der Wollschläger-Stube zur Tucher-Stube wechselten. Einige der früheren Wollschlägermeister waren später Mitglieder des Rates der Tucher, und acht ehemalige Wollschläger wurden später sogar zu Fünfmännern des Tucherhandwerks.

Nach 1400 existierte wahrscheinlich auch keine eigene Zunftordnung für die Wollschläger mehr. In dem ältesten überlieferten „Buch der Tucher", welches wohl um 1400 begonnen und im Jahre 1434 abgeschlossen wurde, existieren zwar noch spezielle Artikel zum Wollschlägerhandwerk. Diese sind zwar offensichtlich teilweise älteren Ursprungs und werden dann hier wiederholt, wurden aber nunmehr durch neue Bestimmungen ergänzt und ansonsten mitten unter die sonstigen Artikel der Tucherzunft eingereiht[37], was wohl deutlich zeigt, dass die Wollschläger im ursprünglichen Sinne nach dieser Ordnung in der Tucherzunft nicht mehr im eigenen Recht standen. Laut Schmoller zeigte

> *„nichts deutlicher als diese Ordnung die vollzogene Umbildung, die Herabdrückung der Wollschläger zu einer Gruppe abhängiger Hilfsarbeiter der Tucher. Es ist natürlich, dass die Zunft nicht den Namen behielt, der eigentlich jetzt nur noch für ihre Knechte passte"*[38].

Mit dem Zusammengehen der wohlhabenden Meistergruppe der Wollschläger mit den Tuchern auf der einen Seite und dem gesellschaftlichen wie wirtschaftlichen Abstieg der anderen Gruppen, die sich in dem Verschwinden der zunftständigen Ordnung des Handwerks niederschlug, ging auch die im 14. Jahrhundert noch so deutlich in Erscheinung getretene berufsständische Identität des Wollschlägerhandwerks verloren. Viele andere Handwerke konnten diese

---

[37] Siehe hierzu die editorischen Anmerkungen von Schmoller, in dessen Werk das Tucherbuch vollständig abgedruckt und ausgewertet wird; Schmoller (1879), S. 23.
[38] Zitiert nach Schmoller (1879), S. 421.

auf der Zunftordnung beruhende Identität noch weit in die Neuzeit hinein bewahren, während die Wollschläger in einer größeren, breiteren, viel weniger festgelegten und fassbaren Gruppe von abhängig beschäftigten Lohnarbeitern und –handwerkern aufzugehen begannen.

Die Trinkstuben der Wollschläger in Strassburg

Eine nicht unwesentliche Rolle in der Zunftgesellschaft der mittelalterlichen Stadt spielten die so genannten *Trinkstuben* der einzelnen Handwerkervereinigungen. Die Trinkstuben waren nicht nur ein Ort, welcher der Aufnahme von Getränken und gelegentlich auch Speisen diente, sondern erfüllten auch wichtige soziale Funktionen, dienten als Stätten der zünftigen Gemeinschaftsbildung und teilweise sogar der städtischen Organisation[39]. In den Zunft- und Trinkstuben fanden die offiziellen Zunftversammlungen statt, wurde zünftige Gerichtsbarkeit geübt, fanden Zunftfeierlichkeiten statt, wurden lokale und überregionale Neuigkeiten ausgetauscht, und sie konnten auch ein Ort sozialer Identitätsstiftung wie politischer Meinungsbildung sein[40]. Mitunter waren die Trinkstuben ursprünglich gar der Platz gewesen, wo bestimmte Gilden und Zünfte in Form von *Stubengesellschaften* begründet worden waren. Schmoller bezeichnet die Trinkstuben deshalb auch als die „Rathäuser der Zünfte"[41].

In Strassburg sind im 14. Jahrhundert mindestens 50 bis 60 Trinkstuben für die verschiedenen Zünfte nachgewiesen. Offiziell entstanden sie nach 1332, mit der Entstehung der politischen Zünfte, Vorläufer existierten jedoch

---

[39] Zur Fokussierung der drei zuletzt genannten Funktionen siehe Gerhard Fouquet, Trinkstuben und Bruderschaften – soziale Orte in den Städten des Spätmittelalters, in: Fouquet (2003), S. 255-258.

[40] Zur Rolle der Stuben für Vermittlung und Austausch von Neuigkeiten vgl. Stephan Selzer, Trinkstuben als Ort der Kommunikation, in: Fouquet (2003), S. 77-79; zur Identitätsbildung und Rolle in der gesellschaftlichen Lebensordnung vgl. Jörg Rogge, Geschlechtergesellschaften, Trinkstuben und Ehre, in: Fouquet (2003), S. 125f.; zur politischen Rolle vgl. Katharina Simon-Muscheid, Zunft-Trinkstuben und Bruderschaften, in: Fouquet (2003), S. 151-153; übergreifend auch Heusinger (2009), S. 91 – 102..

[41] Vgl. Schmoller (1879), S. 404.

schon früher. Von diesen Stuben gehörten zwei Trinkstuben zu den Wollschläger beziehungsweise zu den Tuchern. Die erste (die ältere Stube) ist dabei erstmals für das Jahr 1374 nachgewiesen. Martin Alioth rechnet die ältere (auch: niedere Stube) den eigentlichen Wollschlägern zu, deren Meister und Knechte sich hier trafen. Um 1392 wurde diese, in der Großstadelgasse zwischen einer Kirche und dem Haus „Zum Bären" gelegene Stube dann möglicherweise aufgegeben, wie diverse Ratsurteile zu belegen scheinen. Offensichtlich hatte man auf die alte Stube zu viel Zinsen aufgenommen, worüber sich der spätere Besitzer, der Tuchermeister Hans Meistersheim mit der Zunft stritt; das Urteil lautete dann darauf, dass Meistersheimer das Haus besitzen und Zinsen bezahlen sollte, die Tucherzunft dagegen die aufgelaufenen Kosten übernehmen sollten. Später, im Jahre 1395, wurde möglicherweise dasselbe Haus dann von den Fünfmannen der Tucherzunft zurückgekauft[42]. Ob die alte Stube eventuell dennoch von den Alt-Wollschlägern und Knechten auch über 1400 hinaus genutzt wurde, ist ungewiss. Es gibt zwar später noch nachgewiesene Zinszahlungen für die „Niederstube", jedoch keine tatsächlichen Nutzungsnachweise[43].

Die zweite (die neue Stube) hat noch eine Zeit parallel zur ersten Stube existiert, denn sie ist bereits ab 1390 nachgewiesen. Diese neuere Stube gehörte aber, wenn man Alioth folgt, schon von Beginn an zu den Tuchern, die – einschließlich der oben beschriebenen wohlhabenderen Wollschlägermeister – als aufstrebende Zunft eine neue gesellschaftlich-

---

[42] Siehe dazu die Urkunden 16 und 18, abgedruckt bei Schmoller (1879), S. 14f. und 17; vgl. die Ausführungen bei Heusinger (2009), S. 492 und 559 (zu den Nummern 2169 und 3252 im Personenteil), Alioth (1988), S. 379. Die bei Alioth zumindest implizit genannte Übereinstimmung des letztgenannten Hauses mit der alten Trinkstube wird bei Schmoller nicht erkannt bzw. thematisiert.
[43] Vgl. Alioth (1988), S. 379. Dagegen spricht, dass diese Hinweise, die im älteren Buch der Tucher noch enthalten sind, schon aus der Zeit von vor 1400 stammen dürften; siehe dazu die editorischen Hinweise bei Schmoller (1879), S. 23.

gemeinschaftliche Umgebung schufen[44]. Im Übrigen war es andererseits auch nicht ungewöhnlich, dass eine Zunft mehr als eine Trinkstube hatte[45].

Obwohl in neuer Zeit verschiedentlich dafür plädiert wird, die Zünfte in ihrer Rolle als gewerbliche, als politische, als militärische Zunft oder als Bruderschaft deutlicher voneinander zu trennen, scheint es mindestens für Strassburg (aber wohl auch für recht viele andere Städte) nachvollziehbarer, dass diese Bereiche eher sehr eng miteinander verflochten existierten und jeweils pro Zunft gemeinsam betrachtet werden sollten[46]. Jedenfalls dienten auch die Trinkstuben der Strassburger Wollschläger genau den oben erwähnten Zwecken. Mit dem Zunftrecht wurde in der Regel auch das Stubenrecht erworben. Die Zunftgenossen der Stube bestimmten gemeinsam den von der Zunft zu stellenden Ratsherrn, der Wachdienst wurde geregelt, ebenso die auf die Zünfte verteilte Beteiligung am Kriegsdienst. Und, ebenfalls bereits erwähnt, wurde in den Trinkstuben neben diesen politischen Aufgaben auch kommuniziert und das Sozialleben der zünftigen Wollschläger gepflegt und geregelt[47].

Bezogen auf den Wach- und Brandschutzdienst und die Stadtverteidigung waren im Übrigen auch die Wollschläger (wie alle anderen Zünfte der Stadt) dazu verpflichtet, sich an diesen Aufgaben sowie an der Stellung militärischer Einheiten zu beteiligen. Zunächst war die Stadt Strassburg dazu in neun so genannte *Constofeln* eingeteilt, welche man quasi als Verteidigungsbezirke bezeichnen könnte. Später wurden die Zünfte den Constofeln militärisch gleichgestellt und der Ammeister wurde der oberste Befehlshaber der Zünfte. Je nach Einkommen mussten die Zunftmitglieder entweder Teile der militärischen Ausrüstung oder sogar die vollständige

---

[44] Siehe hierzu Alioth (1988), S. 332f. (einschließlich Lageplan der Zunftstuben in Strassburg) und 378f.

[45] Vgl. Heusinger (2009), S. 92.

[46] Ich folge hier der Argumentation von Heusinger (2009), S. 90f. und 164; für eine deutlichere Trennung plädiert dagegen etwa Franz Irsigler, Zur Problematik der Gilden- und Zunftterminologie, in: Schwineköper (1985), S. 68f.; vgl. auch Gerhard Fouquet, Trinkstuben und Bruderschaften, in: Fouquet (2003), S. 14 und 19.

[47] Siehe hierzu Heusinger (2009), S. 164f. und 339f.

Ausrüstung selbst tragen. Dazu zählte vor allem ein Harnisch, Handwaffen und später auch Feuerwaffen[48].

Auch, wenn spezifische Aussagen zu den Pflichten der Wollschläger in den Strassburger Quellen selten sind, ist doch überliefert, dass etwa die Wollschlägerknechte verpflichtet wurden, unter dem Banner und Befehl der Tucher zur Wehr auszurücken. Die Fünfmannen der Tucher konnten jederzeit den Harnisch des einzelnen Zunftmitglieds kontrollieren und bei nicht ordnungsgemäßem Zustand eine Strafe verhängen[49]. Für den Wachdienst in Kriegszeiten wurden den jeweiligen Zünften einzelne Mauerabschnitte, für den Feuerwachdienst bestimmte Zonen bzw. Patrouillenrouten in der Stadt zugeteilt. Den Tuchern – und damit naheliegenderweise den ihnen militärisch unterstellten Wollschlägern – war dabei für den Wachdienst ein Mauerabschnitt im Bereich der nordwestlichen Stadtmauer Strassburgs zugeteilt[50].

---

[48] Zu diesen Aspekten vgl. Heusinger (2009), S. 102-111 und 160-163.
[49] Vgl. Schmoller (1879), S. 404f.; außerdem den Artikel 9 des ältesten Tucherbuches, Abdruck in ders., S. 25f.
[50] Die zugeteilten Mauerabschnitte standen wohl, entgegen ursprünglichen Annahmen, in keinem erkennbaren Zusammenhang mit den Wohnorten der Zunftmitglieder in der Stadt; vgl. dazu Johannes Cramer, Zur Frage der Gewerbegassen in der Stadt am Ausgang des Mittelalters, in: Die alte Stadt 11 (1984), S. 81ff. und hier besonders S. 88-89 inkl. Abb.2 zu Strassburg auf S.88.

Die Strassburger Wollschläger-Ordnung

Herausragende Quellen zur Organisation des Wollschläger-Handwerks in Strassburg bilden die ab dem 15. Jahrhundert überlieferten so genannten *Tucherbücher*. Diese stellten eine Kodifizierung der Verfahrens-, Rechts- und Ordnungsprinzipien der Tucherzunft dar. Da wir bereits gesehen hatten, dass die Wollschlägerzunft in der Tucherzunft aufging, müssen wir also hier nach Informationen suchen, die über die Wollschläger Auskunft geben. Das älteste Buch der Tucher zu Straßburg von 1434 enthält umfangreiche Abschnitte zur „Ordnung der Wollschläger", welche in das Tucherbuch inkorporiert worden waren und in selbigem hauptsächlich die Paragraphen 24 bis 39 bilden. Auch im zweiten Tucherbuch von 1453 hat diese Teile noch übernommen.

§ 24: Lohn- und Arbeitsmoral

> Alle Wollschläger, seien es Meister oder Knechte, die um Lohn Wolle schlagen, sollen für die zu schlagende Wolle ihren rechten Lohn nehmen, sei es von Tuchern, von Webern, von Kloster-, Haus- oder Dorfleuten, wie diese auch immer genannt werden. Sie sollen auch jedem seine Wolle gut schlagen und nach Recht und Ordnung sowie jeweils dem rechten Wert verfahren.

§ 25: Preisfestsetzung beim Wolleschlagen für Kunden, die Tucher oder Weber sind

> Ein jeder Tucher- oder Webermeister zu Strassburg soll für jedes Pfund zu schlagender Wolle einen Pfennig und nicht mehr geben. Bei grober Faser, die man zweimal schlägt, sollen von einem Steine zehn Pfennige gegeben werden; bei weißer oder grober Faser, die man nicht mehr schlägt, aber streichen lässt, von einem Steine drei Pfennige und nicht mehr.

§26: Geldbußen für Preisabweichungen

> Dieser Lohn ist so geordnet und gemacht für alle Tucher und Weber und niemand anders, damit beider Handwerke Wolle und Gewebe allzeit wohl geordnet geschlagen wird. Welcher Wollschläger-Meister oder Knecht auch immer irgendeinen Tucher oder Weber beeinträchtigen oder irgendwie mehr Lohn fordern sollte, als hier vorgeschrieben ist, und dies zu Tage

treten sollte, der soll das Handwerk entschädigen, und zwar als Meister mit einem Pfund Pfennige, als Knecht mit zehn Schillingen Pfennige.

§ 27: Preisfestsetzung beim Wolleschlagen für sonstige Kunden

Ebenso sollen die Wollschläger den festgeschriebenen Lohn nehmen von Hausleuten, Klosterleuten, Landleuten etc. die zum Schlagen und zu den Wollschlägermeistern kommen, welche Schlagetische in ihren Häusern haben: Von allem weißen Werk, [sind zu nehmen] von jedem Pfund drei Halblinge; von grobem Werk, das man zweimal schlägt, zwei Pfennige und die man einmal schlägt, drei Halblinge; und von zu streichender Wolle von einem Steine 4 Pfennige, weder mehr noch weniger.

§ 28: Geldbußen für Preisabweichungen

Dieser Lohn ist gemacht und geordnet, damit die sonstige Wolle nicht schlechter geschlagen werde, als die Wolle der beiden anderen Handwerke [aus § 25]. Die Wollschläger sollen auch diese Wolle getreulich schlagen und jede Wolle nach ihrem Werte und ihrem vorgegebenen Lohn bereiten. Wer das unterlässt und von Tuchern, Webern, Hausleuten, Klosterleuten und Landleuten anders als den Lohn nimmt, der geschrieben steht, der muss dies wieder gutmachen. Ist er ein Meister, dann zahlt er ein Pfund Pfennige; ist er ein Knecht, dann zahlt er zehn Schillinge Pfennige.

§ 29: Die Rechte der Wollschläger-Knechte

Wenn ein Wollschlägerknecht nach Strassburg kommt und auf eines Meisters Haus schlagen will, und hat weder Haus noch eigene Kammer, der mag Wolle schlagen und mag man ihm zu schlagende Wolle geben, aber er darf doch mit unserem Handwerk nicht verbunden sein zwecks Diensten noch zum Wachen. Dennoch soll er dem Handwerk und seinen Geboten gehorsam sein und den Lohn nehmen, der gerecht und vorgeschrieben ist. Hat aber dieser Knecht eine Kammer gemietet oder hat ein eigenes Auskommen, dann soll er

zu jedem Fronfasten 6 Pfennige geben und die Nachhut
tun, wenn er an der Reihe ist.

§ 30: Wer Schlagetische aufstellen darf

Wenn ein Wollschlägerknecht, er sei fremd oder
heimisch, hier zu Strassburg Schlagetische in seinem
Haus aufrichtet, Habe und Lohnwerk nimmt und
Schlagen will, der soll zu jedem Fronfasten 1 Schilling
Pfennige geben auf unserer Stube, und mag dann
Schlagetische stellen und Lohnwerk in vorgeschriebener
Masse annehmen. Und es soll niemand irgendeinen
Schlagetisch aufstellen oder Lohnwerk annehmen, es sei
denn, er habe es den Fünfmannen der Tucher oder dem
Boten verkündet und sich dafür einschreiben lassen.
Wer das unterlässt, zahlt 10 Schilling Pfennige
Wiedergutmachung.

§ 31: Verbot der Tuchmacherei

Es soll kein Wollschläger, ob Meister oder Knecht, der
stetig oder gewöhnlich um Lohn Wolle schlägt,
irgendwelches Tuch machen um es zu verkaufen noch
um es selber zu tragen, solange er ein Wollschläger ist
und für Lohn das Wolleschlagen betreibt.

§ 32: Verbot von offenem Licht und Feuer

Es soll auch kein Wollschläger, ob Meister oder Knecht,
bei irgendeinem Licht Wolle schlagen, weder morgens
noch abends, weder wenig noch viel, weder in des
Meisters Haus noch in der Knechte Häuser, noch
irgendwo sonst in der Stadt, damit kein Schaden von
irgendeinem Licht ausgehen möge; da man ja
gewöhnlich oben in den Häusern die Wolle schlägt, wo
doch zu solchen Zeiten ziemlich genug Licht da ist, und
man es auch nicht braucht, und wo früher schon großer
Schaden dadurch entstanden ist. Wer dagegen verstößt,
der entschädigt unser Handwerk mit fünf Schillingen
Pfennige und alle Wollschläger sollen das den
Fünfmannen der Tucher anzeigen, und es sollen auch
alle jeweils amtierenden Fünfmannen der Tucher dieses

rügen, ernst nehmen und bestrafen, wenn es ihnen
bekannt wird.

§ 33: Lehrberechtigung nur für Meister und berechtigte Knechte

Ebenso soll kein Wollschläger, der nicht Meister ist,
irgendeinen Knecht noch sonst jemanden das
Wolleschlagen zu Strassburg lehren; außer es werde
zuvor den Fünfmannen der Tucher zugetragen und von
ihnen oder deren Mehrheit befürwortet, damit das
Handwerk nicht geschädigt werde [...] für das ein
Knecht, der es lernen will, seinen Gehorsam zeige, wie
es von alters her kommt und recht ist.

§ 34: Gelehrt werden darf nur in Tucherhäusern

Es soll auch keinem Knecht, noch jemand anders das
Schlagen gelehrt werden von irgendeinem Wollschläger,
Meister oder Knecht, außer auf eines Tuchers Haus.
Denn ein jeder soll lernen auf eines Tuchers Haus und
nirgendwo anders, damit er auch gelernt hat, dass er
einen gütigen Meister hat, der ihn lehrte und auch, dass
solches [Lehren] den Knechten nicht zusteht.

§ 35: Festsetzung der Lehrzeit

Wer auch immer zu Strassburg das Wolleschlagen
lernen will, der soll in seiner Lehrzeit nicht weniger als
sechs Wochen verbringen; und es soll auch keiner aus
seiner Lehrzeit gehen, außer er habe sechs Wochen
gelernt und das Ziel erreicht, es sei denn, er sei mit dem
Meister, bei dem er gelernt hat, nach beiderseitigem
Willen so überein gekommen. Wer dagegen verstößt,
der muss zehn Schilling Pfennige entschädigen und darf
zu Strassburg keine Wolle schlagen; und der Meister,
welcher einem solchen Wolle zu schlagen gibt, der muss
fünf Schillinge entschädigen.

§ 36: Anzeigepflicht für Verstöße gegen die Schlage- und Tuchvorschriften

Ebenso sollen auch alle Wollschläger, seien es Meister
oder Knechte, bei ihrem Eid den Fünfmannen alle
diejenigen anzeigen und hinterbringen, die Wolle

schlagen oder denen Wolle geschlagen wurde und die nicht aus einem der beiden Handwerke sind, nämlich sobald sie denken, dass jene Tuch machen zum Verkaufe, dass sie selbiges tragen oder wenn zu jenen Zweifel aufkommen, dass sie etwa mehr schlagen wollen oder schlagen, um sich [Tuche] zum Tragen zu machen. Sie sollen das zum Wissen und Einprägen derer vorbringen, die nicht aus den beiden Handwerken kommen und sollen es auch jedem sagen, damit er weiß, wie viel Wolle einem solchen in der angegebenen Menge geschlagen wurde, damit unser Handwerk herausfinden möge, wer Tuch zum Verkauf herstellt und damit in unser Handwerk eingreift, auf dass solches Tun verhindert werden möge.

§ 37: Treuegelöbnis für alle Angehörigen des Handwerks

So sollen auch alle und jeder, sei es Frau oder Mann, die zu unserem Handwerk kommen oder die unser Stubenrecht empfangen wollen [...] die Treue an Eidesstatt geloben und den Eid danach halten, weil das die Fünfmannen so haben wollen; unseres Handwerks Recht redlich nach guter Ordnung und Gesetzen unseres Handwerks in allen Stücken ohne Arglist zu tun; auch unseres Handwerks Rechten und Traditionen oder Gesetzen keinen Widersatz zu geben; Schaden von unserem Handwerk abzuwenden und dessen Nutzen zu fördern und Treue zu üben ohne Arglist. Und es soll niemand das Handwerk oder Stubenrecht erhalten, ehe er nicht zuvor solches gelobt oder geschworen hat zu halten, wie vorgeschrieben steht.

§ 38: Inkrafttreten der Ordnung

So haben alle Wollschläger und Knechte ihre Treue an Eides statt gelobt und zu halten alle solchen Stücke, die die Wollschläger betreffen, zu halten ohne alle Arglist. Dies geschah am Sonntag vor St. Pantaleon[51] anno 1434, ohne das Stück mit dem Inhalt, dass

---

[51] Der Namenstag des Heiligen Pantaleon (Schutzpatron der Ärzte, Hebammen und Krankenpflegenden, † 305) entspricht dem 27. Juli.

Wollschlägerknechte keine Schlagetische auf ihren Häusern haben dürfen.

§ 39: Lehrgebühr für Knechte

So ist zu wissen, dass jeder Knecht, der Wolle schlagen lernen wollen, an unser Handwerk der Tucher zu Strassburg zu Beginn ein Pfund Wachs, das man zu Gottesdienstkerzen macht, geben soll und danach, wenn er aus der Lehre von seinem Meister abgeht, den Fünfmannen fünf Schilling [zu je 6-12] Pfennige und dem Handwerksboten vier Pfennig geben soll.

Wollschläger außerhalb von Strassburg

Die meisten Nachweise für das Wollschlägerhandwerk im Spätmittelalter finden sich im weiteren süddeutschen Raum. Zunächst ist hier **Regensburg** zu nennen. In der Regensburger Ratsverordnung von 1259 über das Tuchbereiten zählt als Handwerke Schwärzer, Wollschläger, Waidfärber und Scheerer auf (wogegen die Weber als eigenständiges Handwerk noch fehlen)[52]. In **Nürnberg** werden für das Jahr 1285 Wollschläger und Tuchscherer erwähnt. **München** hatte 1369 immerhin 23 Wollschläger.

Vergleichbare Nachweise finden sich in den an Süddeutschland angrenzenden Reichsterritorien. In **Wien** unterschied das Gewerbeverzeichnis um 1317 Tuchweber, Woller, Lodner und solche, die "tuch verribent". Gustav Schmoller setzt die hier genannten *Woller* dabei mit den Wollschlägern gleich. In **Ofen** unterschied das Stadtrecht zwischen den Tuchbereitern, den Wollschlägern, den Leinewebern und den Gewandscherern.

In **Zürich** bildeten die Wollweber, Wollschläger, Grautüchler und Hutmacher im Rahmen der so genannten *Brun'schen Zunftverfassung* von 1336 die sechste der politischen Zünfte (von insgesamt 13) der Stadt. Die genannten Handwerke nutzten ab einem etwas späteren Zeitpunkt auch gemeinsam die Zürcher Trinkstube *Zur Waage*. Die Wollschläger selbst traten bereits 1336 unter anderem dadurch besonders in Erscheinung, als die Wollschläger- und Weberknechte im selben Jahr ihre Zunft darum ersuchten, eine eigene Kasse zur Unterstützung kranker Gesellen einrichten zu dürfen[53].

Ein anderes Bild bot dagegen der Norden Deutschlands. Hier können offenbar für das Spätmittelalter nirgends mehr Wollschläger als eigenständige Unternehmer nachgewiesen werden. Laut Schmoller, der auf Stendaler, Berliner, Braunschweiger, Kölner und Aachener Urkunden

---

[52] Angaben nach Schmoller (1879), S. 365 und 437. Auch die weiteren Ausführungen zu den anderen deutschen Gebieten folgen hier im wesentlichen der Darstellung Schmollers, v.a. S. 436 – 438.
[53] Die Aussagen zu Zürich folgen hier Heusinger (2009), S. 280-282 u. 289.

zwischen 1233 und 1400 verweist, würde dort das Wolleschlagen entweder gar nicht (mehr) als Handwerk oder bestenfalls als eine Nebenbeschäftigung der Tuchmacher und Wollweber genannt. Am längsten blieb im mittel- bis norddeutschen Raum wohl in **Schlesien** die Wolleschlägerei erhalten. Im 14. Jahrhundert waren Wolleschlagen und Vorspinnen noch als von der Tuchmacherei und Wollweberei getrenntes Gewerbe nachweisbar. In **Schweidnitz** (Niederschlesien) wurde 1335 verfügt, dass für Wolleschlagen, Kardieren und Scheren noch eine besondere dreijährige Lehrzeit als Voraussetzung für den Eintritt in die Tuchmacher-Innung erforderlich sei. Im Gegensatz zu den süddeutschen Wollschlägern wie etwa in Strassburg werden sie aber nicht zu wohlhabenden Tuchmachern, sondern haben solche bereits neben oder über sich. In **Breslau** werden hier 1403 beispielsweise so genannte *Wolleslöer* als unzünftige Arbeiter geführt[54].

Zum Vergleich sei an dieser Stelle auch ein Beispiel aus sehr viel späterer Zeit angeführt, nämlich aus dem 17. Jahrhundert. Wie an anderer Stelle ausgeführt, spielten Schafhaltung und Wollproduktion auch in Thüringen eine nennenswerte Rolle. Die Tuchmacher-Artikel der Stadt **Eisenach** weisen noch für das Jahr 1643 und danach eine Bestimmung aus, welche Berufsangehörigen zum Einsatz von Wollreißkämmen befugt sein sollen:

> *„Es sollen keine Tuchscherer und Bereiter, Handelsleute, Weißgerber, Hut- und Schnürmacher, Hosen- und Strumpfstricker, Hosenbandmacher noch andere, so das Handwerk als kämmen, krämpeln, cardätschen und Wolle reißen, stören ... und befugt sein, sich des Kämmens und weissen Garns, wie auch von gekrämpelter und cardätschter Wolle Garn zu gebrauchen und zu verkauffen"[55].*

Der Einsatz der Reißkämme war damit ausschließlich den Tuchmachern vorbehalten; die Restriktion wird insbesondere dadurch deutlich, dass das Kämmen selbst den Tuch*scherern* untersagt war. Eine ähnliche

---

[54] Schmoller bezieht sich hier selbst auf ein älteres Werk von Samuel B. Klose, Dokumentirte Geschichte und Beschreibung von Breslau, Bd. 2, Breslau 1781, S. 414.
[55] § 43 der Eisenacher Tuchmacher-Artikel, zitiert nach Zedler (1748), Stichwort „Wolle", Sp. 1360.

Bestimmung, nämlich das Verbot zu krämpeln, wurde noch 1692 zu Zeitz gegen die Zeugmacher (und zugunsten der Tuchmacher) bestätigt.

Außerhalb Deutschlands waren Wollschläger oder vergleichbare Berufe unter anderem in Frankreich, Holland, Brabant und Flandern sowie in Italien zu finden. Für Italien kann das Beispiel der Wollentuchherstellung in **Florenz** hervorgehoben werden. Hier gab es bereits im 13. Jahrhundert eine große Anzahl – vielleicht vergleichbar mit Strassburg – von Personen, die im Umfeld des Wolleschlagens tätig waren, namentlich mit dem Wolleschlagen selbst, mit Hecheln, Kämmen, Wollkratzen, Garnbereitung, Spinnen oder Tuchausbesserung. Anders als in Strassburg oder anderen deutschen Städten bestand hier jedoch von vorneherein die Mehrheit der Handwerker in der Unterschicht oder abhängigen Lohnarbeitern, deren Bezahlung oft sehr schlecht gewesen zu sein scheint. Im Jahre 1378 kam es sogar zu einem von der Bruderschaft der Wollenarbeiter angezettelten Aufstand (*il tumulto dei Ciompi*)[56].

In **Flandern** scheint die Wollen- und Tuchproduktion ebenfalls schon früh in zentralisierten Werkstätten der Tucher organisiert gewesen zu sein, wo dann auch die Handwerke der Wollschläger und Wollkämmer – ähnlich wie in Florenz – als Arbeiter gegen Zeitlohn beschäftigt gewesen waren. Zwar dürften auch hier die Wollschläger und -kämmer zunächst eigenständige Gewerbe betrieben haben, welche die Wolle etwa als Rohprodukte erwarben und nach der Bearbeitung als Halbfabrikate an die Tucher weiterverkauften. Jedoch konnten in Flandern die Tucher bereits im 13. Jahrhundert, in Brabant im Laufe des 14. Jahrhunderts, die Wollschläger in eine Abhängigkeit bringen[57], zunächst in Form von immer mehr an ein- und denselben Tucher gebundener Auftragsarbeit. Aus dieser wurde dann bald eine abhängige Lohnarbeit, ähnlich wie viel später in Strassburg. Eine

---

[56] Vgl. hierzu v.a. Doren (1901), S. 220f., 234f. und 241-244.
[57] Angaben zu Flandern und Brabant nach Bohnsack (1981), S. 106-111 inkl. Schaubild S. 107. Etwas ungenau ist allerdings die Angabe bei letzterem Schaubild, dass dieses Prinzip der Tuchproduktion (mit den Wollschlägern als Lohnarbeitern im Tucherhaus) die Zeit vom 11. bis zum 15. Jh. wiedergebe, während sie tatsächlich nur für die zweite Hälfte des Zeitraums gültig ist. In der textlichen Darstellung S. 108/109 wird dagegen deutliche auf einen Entwicklungsprozess hingewiesen.

Zunftorganisation dieser beiden Berufe sowie der Spinner hat es in Flandern nicht gegeben, während in Florenz neben der Tuchhändlerinnung wenigstens eine so genannte *Wollenzunft* („Arte della lana") existiert hat[58].

---

[58] Siehe Bohnsack (1981), S. 111-113; vgl. auch. Schaubild S. 110, wo der Prozess der Tuchproduktion im Vergleich zu Flandern recht anschaulich präsentiert wird.

Der Wollschläger-Beruf nach dem Ausgang des Mittelalters

Die grundlegenden Tätigkeiten rund um das Wolleschlagen änderten sich nach dem Übergang vom Mittelalter zur Neuzeit zunächst wenig. Wenn auch die Wollschlägerei von einer eigenständigen Qualität als Meisterberuf zu einer niederrangigen Lohnarbeit geworden war, so bestand die praktische Ausübung der Tätigkeit noch eine recht lange Zeit in wenig mechanisierter Handarbeit. Dies änderte sich erst im Laufe des 18. Jahrhunderts. Trotz der zunehmenden Bedeutung der Baumwolle und der damit zusammenhängenden Wirtschafts- und Verarbeitungszweige nahm die Nachfrage nach "echter" Wolle deswegen nicht ab. Im Gegenteil, der Wollbedarf stieg mit beginnender Frühindustrialisierung und dem zeitgleichen Bevölkerungswachstum ebenfalls an.

Gerade wegen der zentralen Rolle der Wollwirtschaft versuchte eine ganze Reihe von Staaten, das Gewerbe mit staatlichen Maßnahmen zu reglementieren. Als Beispiel mag hier Preußen dienen, wo König Friedrich Wilhelm I. noch in seinem ersten Regierungsjahr das sogenannte „Lagerhaus", d.h. eine große Wollmanufaktur einrichten ließ. Diese diente zu einem erheblichen Teil der Sicherstellung des Heeresbedarfes an Tuchen, was sowohl die Herstellung großer Mengen an Wolltuchen für die Mannschaften als auch die Produktion höherer Tuchqualitäten für die Offiziersuniformen betraf[59]. Unter den im Rahmen des Lagerhauses (entweder direkt in der Manufaktur oder als Heimarbeit) zusammen gebrachten Tätigkeiten fanden sich unter dem Oberbegriff „Wollbereiter" verschiedene Lohnarbeiten des Wollvorbereitungsprozesses wieder, darunter Wollsortieren, Wollkratzen und Kettenziehen. In einem technischen Reglement des Lagerhauses aus dem Jahre 1723, welches zuvorderst eine „Tuch- und Zeugmacherordnung" enthielt, waren auch das Wollsortieren und das Wolleschlagen geregelt. Dabei war unter anderem festgelegt, dass niemand Geselle oder Meister werden dürfe, der nicht diese Vorbereitungsarbeiten erlernt habe. Weitere Vorschriften regelten

---

[59] Zu Zusammensetzung und Abdeckung des Heeresbedarfs vgl. Hinrichs (1933), S. 20 – 23.

die Wollmengen für die jeweiligen Tuchsorten, das Kämmen, das Spinnen, das Einfetten der Wolle und weitere Verarbeitungsschritte[60].

Auch private Tuchmanufakturen beschäftigten zu jener Zeit eine breite Palette verschiedener Lohnarbeiter, anscheinend in ähnlichen Relationen wie die Lagerhaus-Manufaktur. Eine dieser Manufakturen beschäftigte im Jahre 1737 beispielsweise 14 Wollkämmer; bei insgesamt 614 Beschäftigten (von denen allein fünf Sechstel Spinner/innen waren) entsprach dies einem Anteil von immerhin 2,2 Prozent[61].

Mit dem kontinuierlich steigenden Wollbedarf wuchsen auch die Anforderungen an Verarbeitungsmenge und -geschwindigkeit der Wolle. Um 1730 entwickelte der Erfinder John Kay eine erste Klopf- oder Schlagmaschine für die Wolle, die nach einigen Quellen auch "Wollenschläger" genannt wurde[62]. Weitere Maschinen folgten, die allmählich, insbesondere ab Beginn des 19. Jahrhunderts, auch kombinierte Arbeitsgänge verrichten konnten. Dazu zählten etwa der um 1830 entwickelte "Spiralreiß- und Klopfwolf" und verschiedene Kämm-Maschinen. Für das Reinigen der Wolle wurden zur gleichen Zeit immer neue Waschmaschinen entwickelt. Eine Berliner Erfindung machte dabei 1833 den Anfang, gefolgt von englischen und französischen Fabrikaten der 1840er Jahre. Einen recht hohen Bekanntheitsgrad erreichte die 1863 konstruierte "Leviathan-Wollwaschmaschine" (siehe Abb. 2). Diese Waschmaschine funktionierte wie folgt:

> *"Eine große Waschkufe, die mit Waschwasser gefüllt ist, erhält durch ein Zuführtuch die Wolle, die von der drehenden Kupfertrommel sofort untergetaucht und fortgeschoben wird. Eine von Kurbeln bewegte, mit zahlreichen Zinken versehene Gabel sticht von oben in die Wolle, taucht sie wieder unter und schiebt sie der zweiten Gabel zu, welche dieselbe Bewegung wiederholt, um die Wolle dem dreiarmigen Drehkreuz zu übergeben, das mit schwebendem Rechen die Wolle auf das Abführtuch schiebt, das*

---

[60] Für die Lohnberufe im Lagerhaus siehe Hinrichs (1933), S. 14f. und 21; zu den Einzelheiten des technischen Reglements vgl. Hinrichs (1933), S. 297.
[61] Zahlenangaben nach Hinrichs (1933), S. 260f.
[62] Nach Föhl (1988), S. 69.

sie an die Walzenpresse abliefert. Diese befreit die Wolle vom Waschwasser, das in die Kufe zurückläuft, während die Wolle, von endlosem Tuch aufgenommen, zum Ausspülen in einen zweiten und gewöhnlich noch in einen dritten Leviathan gelangt. Von der letzten Maschine wird sie entweder von Körben oder von einer drehenden Lattentrommel aufgenommen, in der sie durch einen warmen Luftstrom getrocknet wird"[63].

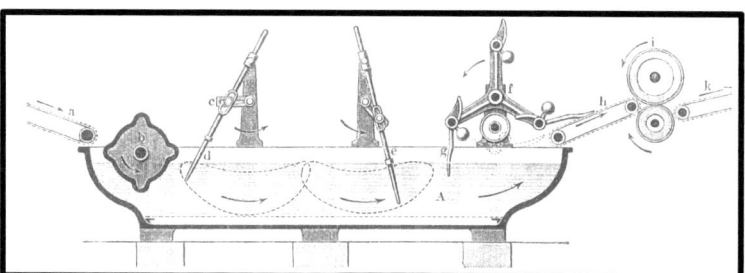

Abb. 2: Die Leviathan-Wollwaschmaschine. Die oben stehende Funktionsbeschreibung lässt sich an der Abbildung von links nach rechts nachvollziehen.

Die Mechanisierung der Wollschlägerei führte nun tatsächlich dazu, dass in Mitteleuropa im Laufe des 19. Jahrhunderts der Beruf des Wollschlägers nicht nur aus der Wahrnehmung als eigenständiges Handwerk, sondern auch als aufzählenswerte Lohnarbeit verschwand[64]. Lediglich in solchen Wirtschaftsräumen, in denen die Mechanisierung erst spät Einzug hielt oder wo sich ländliche Kleinarbeit noch halten konnte, wurden diese Tätigkeiten weiterhin ausgeführt, ohne dass sich allerdings das Berufsbild als solches erhielt. Seither lässt sich fast nur noch an den Familiennamen von Personen nachvollziehen, dass deren Vorfahren einst den wichtigen Beruf eines Wollschlägers ausgeübt haben.

---

[63] Zitat nach Meyer (1909), Stichwort „Wolle", S. 739.

[64] Schon Karl Marx bemerkte hierzu in „Das Kapital" folgendes: *„Die spezifischen Werkzeuge der verschiedenen Teilarbeiter, in der Wollmanufaktur z.B. der **Wollschläger**, Wollkämmer, Wollscherer, Wollspinner usw. verwandelten sich jetzt in die Werkzeuge spezifizierter Arbeitsmaschinen, von denen jede ein besondres Organ für eine besondre Funktion im System des kombinierten Werkzeugmechanismus bildet"* (Band I, 4. Abschnitt, 13. Kapitel - Die Produktion des relativen Mehrwerts / Maschinerie und Industrie / Entwicklung der Maschinerie).

Epilog: Berühmte Namensträger

Eduard Wollschläger (Zirkusdirektor)

Eduard Wollschläger (1811 - 1875) führte in den vierziger und fünfziger Jahren des 19. Jahrhunderts einen bekannten Zirkus, der vor allem in Berlin gastierte und dort große Publikumserfolge feierte[65]. Der aus Magdeburg stammende Eduard Wollschläger war bereits der Sohn fahrender Künstler und ein begabter Reiter. Den Hauptbestandteil seines Zirkusprogramms machten daher außergewöhnliche Pferdedressuren aus.

Eduard Wollschläger führte dabei bisher nie gezeigte Neuheiten im Dressurprogramm für Pferde ein, vor allem das so genannte Apportierpferd. Dieses Dressurstück bestand darin, dass das Pferd aus einem mit Wasser gefüllten Eimer einen Taler oder einen lebenden Fisch apportierte. Er führte auch auf dem Gebiet der Freiheitsdressur - also Darbietungen jenseits der Hohen Schule und Reiterei - neue Dressuren ein, beispielsweise mit acht Pferden gleichzeitig, welche er vom Boden aus führte.

Aber nicht nur im eigentlichen Dressurbereich, sondern auch für die Gestaltung des Zirkusbetriebs beziehungsweise der Manege an sich leistete Eduard Wollschläger Pionierarbeit. Er erfand die auch heute noch in den meisten Fällen genutzte Manegeneinfassung, die so genannte Piste oder auch Roten Ring. Eduard Wollschläger nutzte dazu einen zirka 40 Zentimeter breiten, weißen Holzring, der mit einem roten Läufer aus Kokosmatten belegt war. Er selbst ritt im Jahre 1846 auf dem Rücken seines Pferdes die Hohe Schule auf dieser Piste. Diese Neuerung des Manegenbaus, sicherlich befördert durch die spektakuläre Präsentation, verbreitete sich von Wollschlägers Zirkus aus in die ganze Welt.

Im Zirkus Wollschläger traten neben dem Prinzipal auch zur damaligen Zeit sensationelle Gaststars auf. Ein solcher war etwa der Amerikaner Rarey, der

---

[65] Die Ausführungen folgen hier in weiten Teilen der Darstellung des zirkusgeschichtlichen Werkes von Gerhard Zapff, Pferde im Roten Ring, Berlin 1980³, bes. S. 20, 121, 129f. und 137.

mit einer Nummer als "Pferdebändiger" für ausverkaufte Häuser sorgte. Der Zirkus Wollschläger bildete aber auch für künftige Zirkusstars der Pferdedressur den ersten Schritt ihrer späteren Karriere. Dazu gehörten beispielsweise Therese Renz, deren Mutter eine Pflegetochter des Ehepaares Wollschläger war und die im Zirkus Wollschläger als erfolgreiche Zirkusreiterin arbeitete, oder Gotthold Schumann, der als Jongleur auf dem Pferderücken arbeitete und später ein eigenes Zirkusunternehmen begründete.

Um 1857 herum stagnierte allerdings der Erfolg des Zirkus' Wollschläger. Ein Reit- und Pferdedressurprogramm reichte dem Publikum als Attraktion zunehmend nicht mehr aus. Außerdem wurde auch der zunehmende wirtschaftliche Druck für das Zirkusunternehmen zu groß, so dass sich Eduard Wollschläger aus der Zirkusarbeit zurückzog. Dennoch wurde der Zirkus Wollschläger in der retrospektive zumeist als äußerst erfolgreicher Zirkus betrachtet: *„Nach Blondin's Vorgehen schossen Cirkusse wie Pilze in die Höhe. Brülloff, Wullenweber, Franconi, Plége, Bazola, später Wollschläger, F. Loisset, Ciniselli, Dejean, Blennow und Renz. Ein Theil dieser kühnen Unternehmer verbrannte sich wie Ikarus nach kurzem Schweben die Flügel. Wenigen war es, wie Wollschläger, vergönnt, in hohem Alter, fern den Geschäften, auf seinen Lorbeern auszuruhen"*[66].

---

[66] Zitiert nach Oskar Justinus, Vom Cirkus, in: Die Gartenlaube, Leipzig 1888, S. 141.

CIRQUE EQUESTRE

von ED. WOLLSCHLÄGER.

Heute Donnerstag,

den 18. Juni 1857.

Anfang

Abends 7½ Uhr.

Abschieds-Vorstellung.

Die große Königliche Post mit 9 Pferden,
geführt von Herrn Williams.

YOUNG SYLVAN, arabischer Hengst,
geritten vom Director Wollschläger.

ARMINUS, Trakehner Hengst, | **MINERVA, engl. Vollblutstute,**
Aporterpferd, vorgeführt von Herrn Gärtner. | vorgeführt von Herrn Gärtner.

Ausserordentliche Productionen der Herren Gebr. Nicolets.
Die fabelhaften Leistungen von Herrn A. Nagel und Sohn.

Fräulein Virginie Blennow
wird nach Vollendung ihrer graciösen Tänze und Temposprünge zum Schluss durch
4 Doppel-Ballons springen.

Frau Shelton
in ihren Exercitien auf angesatteltem Pferde.

Das Fahnenspiel zu Pferde
von Fräulein Deveral.

Herr Pierre Rudolph
in seinen gewandten Jongleur-Uebungen.

Grotesque- und Force-Touren
von Herrn Prussdorf.

Fräulein Clara Rasch,
Tänze und Temposprünge.

Barrieren-Voltige
von Frl. Louise Oohmann.

Herr Alicapi
als Dialoque zu Pferde.

Concert-Vorträge des Hrn. Shelton
auf einem Dinsebalg und Flöten.

ETUDE PLASTIQUE,
auf 3 nebeneinander laufenden Pferden von Fräulein Virginie Blennow, Herrn und
Miss Mary Williams.

Die Intermezzos werden durch die Komiker Herren Shelton, Mancini, Desiré Frechon und Hyppolite ausgeführt

Preise der Plätze und Anfang wie gewöhnlich.

Alle Diejenigen, welche Forderungen an die Direction haben, werden ersucht sich bis
heute Donnerstag, Vormittag, im Circus einzufinden und dieselben geltend zu machen.

Freund's Druckerei in Breslau. **Ed. Wollschläger, Director.**

Abb. 3: Plakat des Zirkus' Wollschläger, 1857

Hans Wollschläger (Schriftsteller)

Im 20. Jahrhundert gab es mindestens zwei bekannte Schriftsteller, die den Namen Wollschläger führten. Während sich der ältere von beiden, Alfred Ernst Johann Wollschläger (1901 - 1996), hauptsächlich als Reiseschriftsteller einen Namen gemacht hat, gehörte **Hans Wollschläger** zu den bedeutenden deutschen Schriftstellern, Übersetzern und Herausgebern des Jahrhunderts.

Der 1935 in Minden geborene Hans Wollschläger begann sich schon in den 1950er Jahren mit schriftstellerischen Arbeiten zu beschäftigen. Zu seinen bedeutendsten Werken gehört "Die bewaffneten Wallfahrten gen Jerusalem", eine historische Auseinandersetzung mit den Kreuzzügen (Erstausgabe 1970). Einen großen Leserkreis erreichte er bereits 1965 mit einer fundierten Biografie von Karl May, die bis in jüngste Zeit wiederholt aufgelegt worden ist. Das Interesse an Karl May und dessen Schaffen blieb zeitlebens ein prägendes Moment von Wollschlägers Aktivitäten. Er war Mitbegründer und blieb bis zu seinem Tod aktives und produktives Mitglied der *Karl-May-Gesellschaft* und wirkte als Mitherausgeber der historisch-kritischen Ausgabe der Werke Karl Mays. Ebenfalls als Mitherausgeber zeichnete Wollschläger für die Gesammelten Werke Friedrich Rückerts verantwortlich. Hans Wollschlägers Ausgabe von Rückerts "Kindertodtenliedern" von 1988 fand weitreichende Anerkennung der Literaturkritik: *„Wollschlägers Ausgabe der ‚Kindertodtenlieder' ist mehr als nur eine editorische Tat [...] Zum ersten Mal ist die unverfälschte Lektüre dieser entstehungszeitlich begrenzten, thematisch und lebensgeschichtlich geschlossenen dichterischen Leistung möglich"*[67].

Am bekanntesten dürfte allerdings Wollschlägers Schaffen als literarischer Übersetzer aus dem Englischen sein, und hierbei wiederum als anerkannt bester Übersetzer des Romans "Ulysses" von James Joyce. Wollschlägers Übersetzung wurde unter anderem als *„plastischer, konturenreicher, sinnlicher"* als frühere Übersetzungen bezeichnet, die *„einen*

---

[67] Zitat nach Peter Horst Neumann, Hans Wollschlägers Edition der Rückertschen „Kindertodtenlieder", in: Schweikert (1995), S. 183.

eigenständigen literarischen Charakter gewonnen" habe; *„Wollschläger vermochte den Glanz der großen Stilflut des Buches optimal ins Deutsche zu übertragen"*[68]. Für diese in jahrelanger Arbeit erstellte "Jahrhundertleistung" erhielt Wollschläger zahlreiche bedeutende Auszeichnungen. Darüber hinaus arbeitete Wollschläger an der Neuübersetzung der Werke von bekannten Kriminalschriftstellern wie Edgar Allan Poe, Raymond Chandler und Dashiell Hammett.

Hans Wollschläger erhielt für sein literarisches Schaffen neben Literatur- und Kulturpreisen auch das Bundesverdienstkreuz und die Ehrendoktorwürde der Universität Bamberg[69] verliehen. Nach schwerer Krankheit verstarb Hans Wollschläger 2007 in seiner Wahlheimat Bamberg.

---

[68] Zitierstellen zu Ulysses aus Jörg Drews, Mit James Joyce an der Grenze der Übersetzbarkeit. Zu Hans Wollschlägers Übersetzung von James Joyce's „Ulysses", in: Schweikert (1995), S. 144 und 148.
[69] Die Universität begründete ihre Vergabe der Ehrendoktorwürde ausdrücklich und vor allem mit der Übersetzungsleistung für „Ulysses"; vgl. die Laudatio von Prof. Heinz Gockel, in: Hans Wollschläger, Bamberg. Hrsg. von Wulf Segebrecht, Bamberg 1995, S. 31-41 u. bes. 36, 37 (Fußnoten zur Literatur ; 30).

Quellen- und Literaturverzeichnis

Adelung, Johann Christoph: Grammatisch-kritisches Wörterbuch der Hochdeutschen Mundart, Leipzig 1793 – 1801
[Adelung 1793]

Alioth, Martin: Gruppen an der Macht. Zünfte und Patriziat in Strassburg im 14. und 15. Jahrhundert : Untersuchungen zu Verfassung, Wirtschaftsgefüge und Sozialstruktur; Band 1, Basel [u.a.] 1988 (Basler Beiträge zur Geschichtswissenschaft ; 156)
[Alioth 1988]

Bauer, Antje: Schafhaltung und Wollproduktion in Thüringen im 16. Jahrhundert, Frankfurt am Main [u.a.] 1995 (Europäische Hochschulschriften, Reihe III ; 666)
[Bauer 1995]

Bohnsack, Almut: Spinnen und Weben. Entwicklung von Technik und Arbeit im Textilgewerbe, Hamburg 1981 (Kulturgeschichte der Naturwissenschaften und der Technik ; 2)
[Bohnsack 1981]

Deutsches Rechtswörterbuch. Wörterbuch der älteren deutschen Rechtssprache, hrsg. von der Heidelberger Akademie der Wissenschaften, Bd. I (1914) – XII (2011), Weimar 1914ff. Online-Ausgabe unter <http://drw-www.adw.uni-heidelberg.de/drw/>
[DRW, abgerufen am (Datum)]

Doren, Alfred: Die Florentiner Wollentuchindustrie vom 14. bis zum 16. Jahrhundert. Ein Beitrag zur Geschichte des modernen Kapitalismus, Stuttgart 1901 (Studien aus der Florentiner Wirtschaftsgeschichte ; 1)
[Doren 1901]

Ensminger, M. E. / Parker, R. O.: Sheep & Goat Science, Danville 1986[5]
[Ensminger/Parker 1986]

Föhl, Axel / Hamm, Manfred:
Die Industriegeschichte des Textils, Düsseldorf 1988
[Föhl 1988]

Fouquet, Gerhard / Steinbrink, Matthias / Zeilinger, Gabriel (Hrsg.): Geschlechtergesellschaften, Zunft-Trinkstuben und Bruderschaften in

spätmittelalterlichen und frühneuzeitlichen Städten, Sigmaringen 2003 (Veröffentlichungen des Südwestdeutschen Arbeitskreises für Stadtgeschichtsforschung ; 30)
[Fouquet 2003]

Furger, Fridolin: Zum Verlagssystem als Organisationsform des Frühkapitalismus im Textilgewerbe, Stuttgart 1927 (Beihefte zur Vierteljahrschrift für Sozial- und Wirtschaftsgeschichte ; 11)
[Furger 1927]

Heimpel, Hermann: Das Gewerbe der Stadt Regensburg im Mittelalter, Stuttgart 1926 (Beihefte zur Vierteljahrschrift für Sozial- und Wirtschaftsgeschichte ; 9)
[Heimpel 1926]

Heusinger, Sabine von: Die Zunft im Mittelalter. Zur Verflechtung von Politik, Wirtschaft und Gesellschaft in Straßburg, Stuttgart 2009 (Beihefte zur Vierteljahrschrift für Sozial- und Wirtschaftsgeschichte ; 206)
[Heusinger 2009]

Hinrichs, Carl: Die Wollindustrie in Preußen unter Friedrich Wilhelm I., Berlin 1933 (Acta Borussica ; Wollindustrie)
[Hinrichs 1933]

Krünitz, Johann Georg: Oekonomische Encyklopädie oder allgemeines System der Staats- Stadt- Haus- und Landwirthschaft. Berlin 1773-1858 (davon bis einschließl. Bd. 66 (1795) von Krünitz selbst)
[Krünitz (Jahr des Teilbandes), z.B. Krünitz (1773)]

Meyers Großes Konversations-Lexikon. Band 1-20, Leipzig 1905-1909[6]
[Meyer (Jahr des Teilbandes), z.B. Meyer (1905)]

Palla, Rudi: Verschwundene Arbeit. Ein Thesaurus der untergegangenen Berufe, Frankfurt 1994
[Palla 1994]

Pierer's Universal-Lexikon der Vergangenheit und Gegenwart. Neuestes encyklopädisches Wörterbuch der Künste, Wissenschaften und Gewerbe. Band 1-19, Altenburg 1857-1865[4]
[Pierer (Jahr des Teilbandes), z.B. Pierer (1857)]

Reith, Reinhold: Lexikon des alten Handwerks. Vom späten Mittelalter bis ins 20. Jahrhundert, München 1991²
[Reith 1991]

Roth, Ferdinand: Geschichte des nürnbergischen Handels, Leipzig 1801
[Roth 1801]

Schiecke, Hans Erich: Wolle als textiler Rohstoff, Berlin 1987²
[Schiecke 1987]

Schmoller, Gustav: Die Strassburger Tucher- und Weberzunft. Urkunden und Darstellung nebst Regesten und Glossar. Ein Beitrag zur Geschichte der deutschen Weberei und des deutschen Gewerberechts vom XIII. – XVIII. Jahrhundert, Strassburg 1879
[Schmoller 1879]

Schulz, Knut: Handwerksgesellen und Lohnarbeiter. Untersuchungen zur oberrheinischen und oberdeutschen Stadtgeschichte des 14. bis 17. Jahrhunderts, Sigmaringen 1985
[Schulz 1985]

Schweikert, Rudi (Hrsg.): Hans Wollschläger, Eggingen 1995 (Porträt ; 5)
[Schweikert 1995]

Schwineköper, Berent (Hrsg.): Gilden und Zünfte. Kaufmännische und gewerbliche Genossenschaften im hohen Mittelalter, Sigmaringen 1985
[Schwineköper 1985]

Zedler, Johann Heinrich (Hrsg.): Grosses vollständiges Universal-Lexicon Aller Wissenschafften und Künste. Band 1-64, Halle und Leipzig 1731-1754
[Zedler (Jahr des Teilbandes), z.B. Zedler (1731)]